TÉLÉMAQUE

TRAVESTI,

POËME HÉROÏ-COMIQUE

En vers libres et en huit Chants.

Deuxième Édition.

PARIS.

SANSON, LIBRAIRE

BOULEVARD BONNE-NOUVELLE, N.º 3.

M. DCCC. XXIII.

TÉLÉMAQUE

TRAVESTI.

Elle y jette Vingt grains d'Opium,
Et dit en l'avalant, eh bien, je vais au diable.

TÉLÉMAQUE

TRAVESTI,

POËME HÉROÏ-COMIQUE

En vers libres et en huit Chants,

PRÉCÉDÉS CHACUN D'UN SOMMAIRE TIRÉ DU TÉLÉMAQUE DE FÉNÉLON.

PAR PARIGOT.

Deuxième Edition.

PARIS.
SANSON, LIBRAIRE,
BOULEVARD BONNE-NOUVELLE, N° 3.
M. DCCC. XXIII.

Imprimerie de F.-P. Hardy.

INTRODUCTION.

TANT d'auteurs se plaignent aujourd'hui de
ce que le public ne sait plus rendre justice aux
doctes ouvrages, et par conséquent aux leurs;
que, prenant ce reproche au pied de la lettre,
j'ai voulu savoir si un petit poème semi-burlesque, moins sublime sans doute, mais un peu
plus gai, ne serait pas mieux accueilli; et c'est
pour cela que je me suis avisé de travestir le
Télémaque.

Eh quoi! s'écrieront peut-être quelques-uns
de ces hommes qui ne sourient jamais : qu'avez-
vous osé faire? Comment espérer que la critique
vous pardonne d'avoir parodié un pareil chef-
d'œuvre ?..... Tout - doux ! Messieurs, leur
répondrai-je; ne vous emportez-pas si fort, et
expliquons-nous un peu. Outre que mon livre
n'a pas été fait pour être lu par des gens de
mauvaise humeur, je pense que, dans tous les
cas, il n'eût pas été fort adroit d'avoir choisi
pour sujet d'un travestissement, un ouvrage
médiocre ou peu connu.

D'ailleurs, je ne vois pas qu'en cela, je sois plus blâmable que nos parodistes dramatiques, à qui l'on pardonne très-volontiers de placer quelquefois les grelots de la folie entre les mains de Melpomène ; je ne vois pas que l'Iphigénie, qui fait rire, nous rende moins sensibles aux charmes de sa sœur aînée ; je ne vois pas que Scarron, lui-même, malgré son genre beaucoup trop grivois, ait jamais porté la moindre atteinte à l'admiration qu'on a pour Virgile.

Toutefois, je dois prévenir le lecteur qu'en entreprenant cet ouvrage, je me suis proposé d'y châtier le style burlesque, de manière à le purger des trois principales causes de sa dépréciation ; je veux dire : l'emploi des peintures obscènes, et même des expressions trop peu décentes ; la monotonie résultant du défaut de variété dans la mesure des vers, et la satiété qu'amène bientôt la parodie minutieuse des plus petits détails. Personne ne disconviendra sans doute, que tels sont, en effet, les motifs de l'abandon presque général où se trouvent aujourd'hui l'Enéide et la Henriade travesties.

INTRODUCTION.

Aussi, en adoptant pour le travestissement du Télémaque un genre moins grivois, sous la dénomination nouvelle de *semi-burlesque*, me suis-je attaché à éviter, autant que possible, les trois inconvéniens que je viens de signaler : les mœurs n'y sont point blessées; l'emploi des vers de toutes quantités y répand plus de variété dans la narration ; et l'on y marche plus rapidement au but, par l'éloignement d'une foule de détails qui, peu susceptibles d'être parodiés, ne feraient naître que des longueurs inutiles et fastidieuses.

Du reste, chacun des personnages du poëme original, conserve son caractère distinctif dans le travestissement; et, quoique sous le voile de la plaisanterie, les discours de Mentor y sont encore des leçons de sagesse.

SOMMAIRE DU CHANT PREMIER.

Télémaque, conduit par Minerve, sous la figure de Mentor, aborde, après un naufrage, dans l'île de la déesse Calypso, qui regrettait encore le départ d'Ulysse. La déesse le reçoit favorablement, conçoit de la passion pour lui, lui offre l'immortalité, et lui demande le récit de ses aventures. Il lui raconte son voyage à Pylos et à Lacédémone, son naufrage sur la côte de Sicile, le péril où il fut d'être immolé aux mânes d'Anchise ; le secours que Mentor et lui donnèrent à Aceste dans une incursion de Barbares, et le soin que ce roi eut de reconnaître ce service, en leur donnant un vaisseau tyrien pour retourner en leur pays. Il raconte qu'il fut pris dans le vaisseau tyrien par la flotte de Sésostris, et emmené captif en Egypte. Il dépeint la beauté de ce pays et la sagesse du gouvernement de son roi. Il ajoute que Mentor fut envoyé esclave en Ethiopie ; que lui-même Télémaque fut réduit à conduire un troupeau dans le désert d'Oasis ; que Thermosiris, prêtre d'Apollon, le consola, en lui apprenant à imiter Apollon, qui avait été autrefois berger chez le roi Admète ; que Sésostris avait enfin appris tout ce qu'il faisait de merveilleux parmi les bergers ; qu'il l'avait rappelé, étant persuadé de son innocence, et lui avait promis de le renvoyer à Ithaque : mais que la mort de ce roi l'avait replongé dans de nouveaux malheurs ; qu'on le mit en prison dans une tour sur le bord de la mer, d'où il vit le nouveau roi Boccoris, qui périt dans un combat contre ses sujets révoltés, et secourus par les Tyriens.

LES AVENTURES

LES AVENTURES

DE

PARTOUT-RODANT,

OU

LE TÉLÉMAQUE TRAVESTI.

CHANT PREMIER.

Je chante le Dauphin d'Ithaque,
Et son voyage et ses revers ;
O Muse ! soutiens-moi si je vas de travers
En voulant suivre Télémaque.

Calypso se désespérait
Du départ de son cher Ulysse,
Si bien, dit-on, qu'elle en avait
La jaunisse,
Et que la pauvre déité
Voulait troquer, dans sa douleur profonde,
Contre une passe à l'autre monde,
Son brevet d'immortalité.

1

Son maître de musique avait troussé bagage,
Et devant elle, en sa grotte sauvage,
Ses nymphes n'osant plus faire de carillon,
Pour ne point caqueter s'étaient mis un bâillon.
          Souvent, sur les belles prairies
          Dont un printems de douze mois
          Bordait son île en mille endroits,
     On la voyait aller en tapinois,
Promener sa douleur avec ses rêveries.
C'est là qu'elle et son Grec, faisant les jeunes fous,
Naguère se jetaient leurs bouquets à la tête,
Ou passaient à jaser les momens les plus doux.
          Pensant alors à ces beaux jours de fête,
          Et, de dépit, le cœur plein comme un œuf,
          Elle était d'une humeur de bœuf.
          Souvent aussi sur le rivage,
          Où ses pleurs coulant davantage
          Grossissaient un petit ruisseau,
          Elle cherchait à reconnaître
La côte d'où son œil avait vu disparaître
          Le fugitif et son vaisseau.
Voilà que, tout-à-coup, les débris d'un navire
          Lui sautent aux yeux, c'est-à-dire,
          Qu'elle aperçoit non loin de là,
          Bancs, gouvernail *et cætera*,
          Puis bientôt, près de la plage,
          (Tels on eût vu les fils d'Aimon)
          Deux échappés du naufrage
Abordant, à cheval, sur un mât d'artimon.
          L'un, vieux, avait la barbe épaisse,

L'autre, au contraire, était dans sa jeunesse,
Et l'on eût dit, à son aspect,
Voilà le vrai portrait d'Ulysse !
Les crocs à part, s'entend ; car, soit dit sauf respect,
Le roi d'Ithaque en avait comme un Suisse.
Aussi, dès ce moment,
Le rejeton de la race Ulyssienne
Par Calypso fut reconnu sans peine.
Pour le barbon, c'est différent :
Comme c'était Minerve, à ce que dit l'histoire,
Notre déesse eut beau consulter son grimoire,
Elle ne put savoir ni son nom ni son rang.
Cependant Calypso, dans le fond de son âme,
S'applaudissait de voir
Que le naufrage eût mis en son pouvoir
Le digne fils de l'objet de sa flâme ;
Mais feignant d'ignorer son nom, son accident,
D'où vous vient, lui dit-elle, un tel excès d'audace
D'aborder en mon île ? Apprenez, imprudent,
Que c'est un crime à faire assommer sur la place......
Puis, pour ne pas trop rire, elle fit la grimace.
Par cet accueil, loin d'être confondu,
Télémaque répond : je veux être pendu,
Madame, ou qu'on me fesse,
Si jamais j'eus dessein de nuire à votre altesse ;
Ayez pitié d'un pauvre jouvenceau
Qui, par mer et par terre,
Courant en vain pour attraper son père,
A, tout près de ces lieux, vu périr son vaisseau ;
C'est la vérité pure, ou, je veux que le diable...

Quel est donc ce père introuvable ?
Dit Calypso , je voudrais le savoir.
Madame, ici , vous avez tout pouvoir,
Reprit Télémaque , au supplice
De sentir l'eau qui sur lui glisse ,
Je ne suis pas d'humeur à dire blanc pour noir ,
Et mon père est le sage Ulysse :
C'est lui qui, comme on l'a pu voir,
Un jour, après dix ans de siége ,
Fit sauter les Troyens comme un bouchon de liége.
En un mot, son grand nom
Se tambourine aux quatre coins du monde ,
Et dans la Grèce, où chacun à la ronde
Célébre sa prudence, on sait que pour un *non*,
Il se battrait contre un canon.
Maintenant en butte à l'orage,
Il court de rivage en rivage,
Et l'on diroit que devant lui
Un sort jaloux fait aujourd'hui
Fuir le clocher de son village ;
Aussi voilà pourquoi
Ma mère Pénélope et moi
De son retour nous perdons l'espérance.
Tandis que sur ses pas je cours la même chance
Pour savoir ce qu'on m'en dira ,
Je crains bien d'y perdre ma peine,
Et qu'hélas ! il ne soit déjà
Gobé par la baleine ;
Mais , que dis-je ? Peut-être aujourd'hui sur son sort
Pourriez-vous en ces lieux m'éclairer la première ;

Ah ! madame, après tout, si vous êtes sorcière,
    Dites-moi s'il est vif ou mort.
  A ce discours, qui n'est pas d'un homme ivre,
Surprise que, si jeune, on parlât comme un livre,
    La déesse, faute de mieux,
  Ne disait mot et le mangeait des yeux.
      Enfin ouvrant la bouche,
Télémaque, dit-elle, un pareil sort me touche ;
    Je lirai mon Petit-Albert ;
Et comme dès demain, j'aurai tout découvert,
    Je vous proteste et je vous jure
Que vous saurez alors votre bonne aventure ;
Dans mon empire, au reste, il ne tiendra qu'à vous
    De passer des momens bien doux.
    Là-dessus, on se mit en route
    Dans l'ordre que voici ;
    Car je prétends, pour qui m'écoute,
Mettre tout à sa place, et les points sur les i.
Calypso, qu'entourait un essaim de nymphettes,
  Ouvrait la marche, et, s'il faut parler vrai,
En hauteur surpassait si fort les plus grandettes,
    Qu'on eût dit un manche à balai
  Au beau milieu d'un paquet d'allumettes.
     Derrière elle, à dix pas,
Télémaque, marchant comme un fils de monarque,
Examinait sa mise, et toisant ses appas,
    D'après son goût, faisait tout bas
    Sa petite remarque.
  Après lui paraissait Mentor
  Qui ne voulant rien dire encor,

S'arrêtait pour priser à tous les quarts de lieue ;
    Et pensait qu'il n'avait en tout,
     Qu'à suivre le monde à la queue
       Loup-loup.
Enfin de la déesse on arrive à la grotte :
     Jamais rien d'aussi curieux ,
      Pas même la marmotte,
N'avait de Télémaque encor frappé les yeux.
Cette grotte jadis avait été taillée
     En voûte si bien rocaillée ,
      Que , dès le seuil,
   En la fixant il fallait cligner l'œil.
C'est là qu'on admirait, pour sa force et sa taille,
Une vigne d'un an tapissant la muraille,
     Et que (pour plus amples détails),
     Les doux zéphirs, à la déesse
    Voulant jouer un tour de gentillesse,
Accouraient à-l'envi lui servir d'éventails.
Pour les bains de santé vous aviez là, tout proche,
     Mille ruisseaux d'une eau de roche
      Qui fuyait au travers
De jolis petits prés fleuris et toujours verts.
     Autour de ces prés de luzerne
    Etait un bois d'orangers , si touffu,
     Qu'à midi même , on n'aurait pu
     Rien y distinguer sans lanterne ;
     Mais s'il est vrai que dans ces lieux ,
La peur de s'éborgner faisait fermer les yeux ,
     On pouvait en échange
     S'y régaler de mainte orange ,

TRAVESTI.

Tandis que l'air portait à l'odorat,
De ce beau fruit le parfum délicat.
 C'est là, pour nouvelle merveille,
 Qu'avec un doigt dans chaque oreille,
 On n'entendait plus rien du tout,
Qu'une cascade égale à celle de Saint-Cloud.
La grotte, qu'entouraient des bancs de violettes,
Etait sur le penchant d'un superbe côteau,
 D'où l'on voyait, alors qu'il faisait beau,
L'Océan plus uni qu'un verre de lunettes,
  Mais qui, si par malheur,
  La rage de se battre
  Le mettait en humeur,
Venait sur les rochers faire le diable à quatre.
 Tout charmait l'œil en ce joli séjour :
Les vignes qui croissaient sur les monts d'alentour,
 Semblaient porter des pommes de rambour,
  Et partout, la campagne
 Faisait de l'île un pays de cocagne.
Télémaque, écoutez, dit alors Calypso,
Puisque vous avez vu tout ce que j'ai de beau,
  Souffrez que je vous dise
Qu'il est tems maintenant de changer de chemise,
  Et d'aller vous sécher la peau.
Or, tout près de la grotte était certaine étable
  Qui pouvait, au besoin,
  Paraître encor fort habitable
A des gens qui, comme eux, ne demandaient qu'un coin;
Chaque nymphe d'ailleurs, en cette circonstance,
  Avait eu le soin tout nouveau

D'y jeter partout de l'essence
     A la *guyton-morveau* ,
Et ces gentilles demoiselles
Leur avaient préparé dans cet appartement ,
     Des hardes mille fois plus belles
     Que leur modeste accoutrement.
Télémaque en voyant sa superbe tunique
     De *mérinos* ,
   Pousse un cri grec ayant la rime en *os* ,
     Et fait, de joie, un saut de bique.
       Halte là !
     Lui dit Mentor d'un ton sévère ;
Vous feriez beaucoup mieux d'imiter votre père
Qui, certe, n'était point un danseur d'opéra.
     L'homme qui pense à sa toilette
       Comme une femmelette,
     Et qui veut prendre un air badin ,
     N'est, je le dis et le répète,
     Qu'un véritable muscadin ,
        Que l'on méprise ,
        Et que je prise
        Moins que la prise
        Que je tiens là ;
     Cela dit, Mentor renifla.
Télémaque, attendri par ces sages paroles,
Répond en soupirant : que je sois un bourreau
     Si m'occupant de fariboles,
     Je fais encor des cabrioles
       Pour un fourreau :
Je m'en soucie autant que d'un œuf à la coque,
                                Et

Et veux bien que le loup me croque
Si je deviens godelureau ;
Mais, quelle est donc cette princesse
Qui nous montre en ces lieux autant de politesse ?
Craignez, lui dit Mentor,
Cette coquette et sa mine trompeuse ;
Je sais qu'en ce moment sa couleur bilieuse
Contre une attaque dangereuse
Pourrait vous prémunir encor ;
Mais vous sentez, ô fils d'Ulysse !
Qu'on n'a pas toujours la jaunisse,
Et que la sienne passera :
Dès ce soir donc il vous faudra,
Si vous retenez bien ce que je vous conseille,
Faire la sourde oreille
Aux contes-bleus qu'elle vous forgera.
Cependant le souper s'apprête,
Allons chez elle avaler un morceau,
Aussi bien, ce parfum me donne un mal de tête
A couper au couteau.
Notre déesse amourachée
Les attendait depuis long-tems,
Et chaque nymphe, à mille appas tentans,
Pour ajouter encor s'était endimanchée.
La table mise, on ne servit pour mets,
Ni bœuf, ni veau, ni mouton ; mais
De la belle et bonne volaille,
Des perdrix, des canards, ainsi que mainte caille,
Qui, pour servir à la ripaille,
S'étaient fait tuer tout exprès.

A

De cent vases de porcelaine
Un excellent vin doux
Tombait, à gros glou-glous,
Dans des cocos de bois d'ébène,
Et l'on avait pour le dessert
Du fruit de toute espèce et qui n'était point vert,
Entre la pêche et l'eau-de-vie,
On entendit céans,
Pour divertir l'aimable compagnie,
Quatre naines chanter le combat des géans,
Beaucoup d'autres couplets charmans,
Et pour mettre le comble à la commune joie,
Les prouesses d'Ulysse à la guerre de Troie;
Mais, dès que Télémaque, entendant ce morceau,
Se fut imaginé de pleurer comme un veau,
On se mit à chanter les grands coups de marmites
Des Centaures et des Lapithes,
Et l'on finit le plus beau des concerts
Par l'aventure si vantée
D'Euridice, qu'aux enfers
Le diable avait emportée.
Après le verre de noyau,
Vous voyez, fils du grand Ulysse,
Dit la déesse en fermant son couteau,
Que mes repas sont de plus d'un service,
Et qu'ici vous serez comme un poisson dans l'eau.
J'ai l'honneur d'être une immortelle,
Et certe, comme telle,
En ces lieux je ne souffre pas
Qu'on m'aborde, ou l'on sait ce que pèse mon bras;

C'est au point que votre naufrage
N'aurait pu vous sauver de ce fâcheux accueil,
Si vous n'eussiez eu l'avantage
De me donner dans l'œil.
Avec moi votre père aurait fait sa fortune,
Mais, soit dit sans rancune,
Il ne sut point en profiter ;
Et l'ingrat, plus heureux ici qu'un coq en pâte,
Un beau matin s'équipant à la hâte,
Partit comme un sournois. S'il eût voulu rester,
Depuis long-tems j'avais l'envie,
Pour éterniser son destin,
De lui donner, chaque matin,
De l'élixir de longue vie.
Mais, hélas ! il n'est plus : un jour mon petit doigt
M'apprit que son vaisseau, battu par la tempête,
Avait péri dans un détroit :
Ne soyez pas si bête,
Jeune homme, et si vous m'en croyez,
Vos jours auprès de moi seront mieux employés.
Je veux vous consoler de la perte d'un père,
Et pour mon élixir, je vous l'offre à plein verre.
Puis voyant qu'il prêtait l'oreille à son discours,
Et tandis qu'elle était à même,
Elle cita d'Ulysse un bon nombre de tours :
Comment il creva l'œil au géant Polyphême,
Par quel moyen il se débarrassa
Du roi des Lestrigons, qu'on nommait Antiphates ;
De quelle sorte il se tira des pattes
De l'adroite Circé, puis comme il s'en alla,

De là ,

Tomber de Charybde en Scylla.

Enfin , lui brodant une histoire,

Elle voulut lui faire accroire

Que Neptune en personne, afin de la venger ;

Lors du naufrage de son père ,

Lui tenait les mains par derrière ,

Pour l'empêcher de nager.

Mais , pour le coup , la gasconnade

Etait trop forte ; et subito ,

Se défiant de Calypso ,

Télémaque répond : nom d'une canonnade !

Je ne l'aurais pas cru , par ma foi , si malade ;

Ah ! pardon ; cela vient de me porter un coup

Qui m'oblige d'abord à pleurer tout mon soûl.

Tandis que Télémaque à pleurnicher s'amuse,

Voyez un peu la ruse !.....

Calypso sur ses yeux tapotant son mouchoir ,

Et feignant d'être au désespoir ,

Pour l'intéresser davantage ,

Lui demande comment s'est passé son voyage.

Après bien des *mais*..... de sa part ,

Et s'être fait tirer l'oreille ,

Télémaque , voyant qu'il le faut tôt ou tard ,

Raconte ainsi qu'il suit son histoire impareille.

J'étais parti d'Ithaque avec un passe-port ,

Pour apprendre des rois , qui venaient de la guerre ,

Quelques nouvelles de mon père ,

Et savoir d'eux s'il était mort.

De Pénélope , ma mère ,

Les trente-six amoureux,
Apprenant mon départ, dont j'avais fait mystère,
Vous ouvrirent des yeux
Plus grands qu'une porte cochère.
Nestor, que je vis à Pylos,
Pour tout renseignement, et de peur de méprise,
M'apprit que si mon père était dans sa chemise,
Il l'avait encor sur le dos ;
Et lorsque dans Lacédémone,
Voulant à Ménélas arracher quatre mots,
J'allai lui demander s'il n'avait vu personne,
Il me répondit *non*, en détail comme en gros.
Enfin, soupçonnant qu'en Sicile,
Les vents l'auraient forcé de chercher un asile,
Je résolus d'y faire un tour ;
Mais Mentor, que voilà, rêvassant dans la cour,
Et qui n'est pas trop maniable,
Ne le voulait pas pour un diable :
Il m'avertit, et me donna
Pour chose on ne peut plus certaine,
Que les Cyclopes étaient, là,
Gastronomes de chair humaine,
Et que, d'autre part, les Troyens,
Amis avec les Grecs tout comme chats et chiens,
S'ils empoignaient le fils d'Ulysse,
Le hacheraient menu comme chair à saucisse.
Retournons, disait-il, chez nous ;
Peut-être votre père a-t-il revu ses choux,
Et s'il est vrai que quelque bombo
L'ait fait descendre dans la tombe,

Sachez qu'il est de votre honneur
De vous montrer son digne successeur.
C'était parler comme un oracle ;
Mais, pour lors, j'étais si benêt,
Que c'eût été miracle
Si j'avais démordu d'un aussi beau projet ;
Et Mentor, malgré tout, fut encor assez sage
Pour vouloir être du voyage.
Pendant qu'il s'exprimait ainsi,
La déesse avait du souci
Et n'était pas dans son assiette :
L'air sournois de Mentor la rendait inquiète.
Cependant, pour qu'on n'en vît rien,
Télémaque, dit-elle, allons, cela va bien ;
En vérité, pour vous entendre,
On passerait et les nuits et les jours :
Poursuivez donc…. Alors, sans plus attendre,
Télémaque reprit le fil de son discours.
Depuis long-temps, le vent nous soufflait au derrière,
De la belle et bonne manière,
Si bien que dans peu nous devions
Voir la Sicile où nous allions ;
Mais, tout-à-coup, la plus noire tempête
Fondit sur notre tête,
Et nous voilant le jour,
Nous laissa comme dans un four.
Les éclairs seuls étaient nos réverbères,
A la lueur desquels nous vîmes des corsaires
Qui dansaient comme nous, et ne paraissaient pas
Se trouver dans de plus beaux draps.

Nous connûmes bientôt que c'étaient ceux d'Enée,
    Et pour le coup, j'eus si grand'peur,
        Que j'aurais voulu, de bon cœur,
        Être au coin de ma cheminée;
        Mais Mentor semblait être au bal,
    Et chantait, en voyant les Troyens si malades :
            Si j'ai du mal,
            Ça m'est égal,
        J'ai bien des camarades,
        Or, tandis que, de son côté,
        Notre pilote épouvanté
    Perdait la tête et faisait triste face,
            Lui, ferme, plein d'audace,
            Et plaisantant toujours
        Sur les Troyens et sur l'orage,
        Pour mieux rassurer l'équipage,
        Le commandait en calembours.
    Tant de gaîté me rendit mon courage,
Et je lui dis : tudieu! vous êtes bon garçon;
        Mais, moi, je suis un polisson
        De n'en avoir fait qu'à ma tête;
    Oh! si jamais j'échappe à la tempête,
Je ne me moquerai de vos avis prudens,
            Que quand, au lieu de crête,
            Les poules auront des dents.
Mentor, en souriant, me fit cette réponse :
Télémaque, c'est bien, et volontiers je crois
        Que vous serez plus sage une autre fois;
    Que cela seulement vous serve de semonce.
    Il faut fuir le péril et non pas le chercher;

Mais, qui s'y trouve pris, serait-il seul contre onze,
    Ne doit pas plus broncher
    Que le cheval de bronze.
    Retenez donc bien cet avis ,
    Et si l'ennemi nous accoste ,
 Noubliez pas de qui vous êtes fils ,
    Et soyez ferme au poste.
    Je fus surpris de trouver dans Mentor
    Tant de douceur et de courage ;
    Mais ce qui, de sa part encor ,
    M'étonna davantage ,
Fut le moyen que prit mon rusé barbichon ,
Pour jouer aux Troyens un vrai pied de cochon.
    En braquant sa lorgnette ,
Il avait remarqué qu'un de leurs bâtimens ,
    Loin de la flotte, écarté par les vents ,
    Et qu'il appelait la coquette ,
Avait ses mats ornés de fleurs et de rubans.
    Comme il n'est pas plus maladroit qu'un autre ,
    Le voilà décorant le nôtre
    De rubans pareils et de fleurs ;
    Puis s'adressant à nos rameurs :
Puisqu'il s'agit ici d'user de nos finesses ,
    C'est à la barbe des Troyens ,
Que je veux , leur dit-il , vous sauver corps et biens ;
Pour cela j'ai trouvé le plus beau des moyens,
Moyen qui vaudra mieux que toutes les prouesses,
C'est de baisser la tête, et de lever les fesses.
En effet , à l'aspect de nos postérieurs ,
Qui ressemblaient sans doute aux visages de Troie ,
                  Les

Les Troyens nous prenant pour quelques-uns des leurs,
Qu'ils croyaient *ad patres* et guéris des vapeurs,
   Poussèrent de grands cris de joie.
Forcés de naviguer avec eux quelque tems,
  Nous nous y prenons de manière
  Qu'étant demeurés en arrière,
  En dépit des flots et des vents,
 Tout en riant de la bonne rubrique,
Et tandis que mes sots vous cinglent vers l'Afrique,
Nous gagnons la Sicile, on ne peut plus contens.
Notre plaisir, hélas! fut de courte durée........
A peine sur la côte avons-nous fait dix pas,
Que de nouveaux Troyens habitant la contrée,
Sans forme de procès, nous tombent sur les bras,
Et, pires que des loups attaqués de la rage,
Après avoir brûlé notre pauvre vaisseau,
  De nos gens font un tel carnage,
   Que l'équipage
 N'avait plus l'air que d'un hachis de veau.
 Mentor et moi, qui nous trouvions de reste,
  Je ne sais trop comment,
  Nous fûmes conduits chez Aceste,
  Qui régnait là dans ce moment,
  Pour déclarer, sans impostures,
Si nous étions ou non des coureurs d'aventures.
  Liés ainsi que des fagots,
  Et les mains derrière le dos,
  Nous voilà traversant la ville
Au milieu des brocards d'une foule imbécile
  Qui nous voyait déjà pendus;

        3

Chose il est vrai peu difficile,
Dès que pour Grecs nous serions reconnus.
Enfin nous arrivons sous un grand péristile ;
C'est là qu'Acesle, en son palais,
Remplissait *l'interim* de son juge de paix,
Et pour offrir un sacrifice,
Ruminait le supplice
De quelques paires de poulets.
D'abord il se mit en colère,
Et nous demanda brusquement
Ce que chez lui nous venions faire.
Pour nous le rendre un peu plus débonnaire,
J'allais lui débiter un petit compliment,
Quand Mentor, aussitôt, craignant que je ne dise
Quelque sottise,
Prit la parole, et dit tout uniment :
Nous venons du côté de la grande Hespérie ;
Si vous voulez savoir quelle est notre patrie,
Devinez-le...... Pour moi, j'atteste et certifie
Qu'elle est tout près de là.
De la façon que voilà,
Mentor eut la finesse
De cacher que tous deux nous étions de la Grèce ;
Mais le prince irrité
Qu'il n'eût pas dit *seigneur* ou *votre majesté*,
N'en voulut pas entendre davantage,
Et nous traitant de greluchons,
Ordonna qu'à l'instant nous irions au village
Garder les cochons.
Que la peste me crève !

M'écriai-je en fureur,
Plutôt que de souffrir un pareil déshonneur;
Est-ce qu'ici l'on rêve
De ravaler au rang des chiens,
Télémaque, le fils du roi des Ithaciens?
Ah! si courant après mon père,
Je ne puis rejoindre ma mère,
Et s'il me faut encor, pour comble de guignon,
Me voir réduit à la misère,
Foi d'homme, je préfère
Qu'on me torde ici le chignon.
Emu de ce discours, ainsi qu'on doit l'entendre,
Le peuple alors me prit au mot:
Il s'écria qu'il fallait pendre
Le fils de cet Ulysse, inventeur du brûlot
Qui des maisons de Troie,
Certain jour, avait fait un si beau feu de joie.
Je voudrais vainement vous tirer d'embarras,
Me dit alors le vieux Aceste;
O Télémaque! il ne vous reste
Qu'à songer à plier vos draps;
Car, dès ce soir, je vous atteste
Que vous et votre compagnon
Vous irez dormir chez Pluton.
Pour augmenter la pénitence,
Un vieux radoteur proposa
De faire dresser la potence
Sur le tombeau d'Anchise, ajoutant à cela,
Que son fils, le pieux Enée,
Estimerait la chose au mieux imaginée,

Et n'apprendrait pas sans plaisir
Qu'un soir, deux Grecs, sur cette place,
A la lune, avant de mourir,
Auraient été forcés de faire la grimace.
A cette indigne motion,
Plus d'espoir de miséricorde,
Et je vis apporter la corde
Qui devait nous serrer la respiration.
C'en était fait de nous, si, prompt à la réplique,
Mentor n'eût juré sur sa foi,
Qu'avant tout il avait un mot à dire au roi.
Sire, s'écria-t-il, il faut que je m'explique :
Si véritablement
Vous n'êtes pas touché du sort du fils d'Ulysse,
Qui jamais envers vous n'a commis d'injustice,
Qu'au moins en ce moment,
Votre propre intérêt vous touche.
Sorcier de mon état, je vois sans aucun louche,
Qu'avant qu'il soit trois jours,
Vous serez attaqué par un peuple barbare,
Qui, comme un torrent dans son cours,
Viendra pour renverser vos tours,
Et piller ce qu'ici vous avez de plus rare.
Hâtez-vous donc d'ordonner aux tambours
Et de la ville et des faubourgs,
D'aller battre la *générale* ;
Que tout bossu, borgne ou bancale
Se lève en masse ; et qu'en vos champs,
L'ennemi perdant sa moustache,
Malgré ses rapaces penchans,

N'y trouve pas une corne de vache.
S'il arrivait alors que j'eusse mal prédit,
Vous pourriez aussi bien nous couper l'appétit ;
Mais s'il en est ainsi que je viens de le dire,
            Souvenez-vous, beau Sire,
Qu'à qui sauve nos jours dans un péril certain,
        On ne doit pas ôter le goût du pain.
            Par-là-sang-bleu ! reprit Aceste,
            Je suis très-fort de cet avis,
Et comme pour vous pendre on a du tems de reste,
            Je vous accorde le sursis.
Alors il commanda, pour que l'on prit les armes,
        De tirer le canon d'alarmes.
                Et qui fut dit fut fait ;
                Mais jugez de l'effet :
        De tous côtés arrivant à la file,
            Tant d'animaux cornus
Abandonnaient les champs pour entrer dans la ville,
        Que les Troyens ne s'y connaissaient plus ;
            Les enfans se trouvaient perdus,
Et les femmes, qu'on voit toujours dans la bagarre,
Par leurs cris augmentaient si fort le tintamarre,
            Que le pays paraissait tel,
Qu'on l'eût pris, ce jour-là, pour la tour de Babel.
Les esprits forts, pourtant, s'étaient mis dans la tête,
        Et soutenaient dans leurs discours,
        Que Mentor avait fait la bête
            Pour prolonger ses jours.
        Le lendemain, sur ce chapitre,
Comme chacun, pour se mieux divertir,

Disait en faisant le bélitre :
Anne, ma sœur, ne vois-tu rien venir ?
     Soudain, de la campagne,
     On vit sur la montagne
     Parmi les tourbillons
     D'une affreuse poussière,
     Paraître au moins dix bataillons,
Qui pour tomber sur nous accouraient ventre à terre.
Quiconque, se moquant de la prédiction,
     Comme d'usage avait fait paître,
     De ses troupeaux cessa d'être le maître,
Et subit aussitôt la confiscation.
     Par votre barbe et par la mienne !
     Dit Aceste à Mentor,
Vous êtes un sorcier ; mais qu'à cela ne tienne,
     Je vous le passe encor,
     Si vous voulez être des nôtres :
Tous deux vous m'avez l'air d'être de bons apôtres,
     Et quoique le seul nom de Grec
     M'ait toujours donné la migraine,
Je veux que nous soyons cousins à la germaine,
Si vous avez du cœur tout autant que de bec.
     Soudain Mentor saisit une cuirasse,
Un casque, un bouclier ; met le sabre au côté,
Prend sa pique, et paraît drôlement fagoté ;
     Mais ses yeux montrent tant d'audace,
     Que le plus effronté
     Se garderait de lui rire à la face.
     Bref, il commande à tous les bataillons
     De se tenir en rangs d'oignons,

Puis, d'un air de conquête
S'avançant à leur tête,
Et pour ne rien faire à-demi,
Il va tout droit à l'ennemi.
Aceste, en vain, son arme en bandoulière,
Pour atteindre Mentor tortille le derrière ;
Le pauvre vieux,
Faute de mieux,
Se voit contraint de rester en arrière.
Quant à moi, qui le suit de près,
Faisant d'abord plus de bruit que d'ouvrage,
C'est vainement que je voudrais
Egaler son courage :
Un tigre, un diable, un lucifer,
Sorti des bois ou de l'enfer,
N'aurait point fait un semblable carnage ;
Tout fuit, tout se disperse, et les brigands confus,
Voudraient, pour bel argent, ne pas être venus.
C'est alors qu'à mon tour, plus que jamais ingambe,
J'allai donner un croc-en-jambe
Au fils du monarque ennemi :
Il était haut de huit pieds et demi,
Et certes, j'avais forte affaire !
Mais, dès qu'il fut à terre,
Je lui fis tomber sur le nez
Trois coups de poing, si bien donnés,
Que fermant pour toujours ses yeux à la lumière,
Mon fanfaron descendit chez Cerbère.
Après qu'à l'ennemi vaincu
Mentor eut, à son gré, donné du pied au cu,

Le roi, plein de reconnaissance,
Et craignant tout pour notre peau
Si d'Enée, en ces lieux, arrivait un vaisseau,
Nous fit partir en diligence
Sur un bâtiment Phénicien,
Qui, neutre et bon voilier, semblait ne risquer rien ;
Mais nous devions encor avoir bien des secousses,
Car le malheur, partout, s'attachait à nos trousses.
Depuis long-tems mettant le diable au pis,
Les Tyriens, que l'orgueil poignarde,
Avaient au nez de Sésostris
Fait enfin monter la moutarde : -
Or ce grand roi, voulant punir
Messieurs les rodomonts de Tyr,
Leur faisait en tout lieu la chasse,
Et jusqu'au loin couvrant les eaux
De ses grands et petits vaisseaux,
Il leur tombait sur la carcasse.
Je venais d'en apprendre un mot,
Et je ne savais trop qu'en penser ou qu'en dire,
Lorsque, soudain, notre navire
Est entouré, pris, et bientôt
Conduit, sous bonne escorte,
Vers la riche Mymphis..... que lucifer l'emporte !
J'eus beau jurer par mes cheveux
Qu'un Phénicien et moi nous étions deux,
Et que d'ailleurs, pour me battre contre eux,
Je n'étais pas encor de taille,
Chanson !
La maudite canaille
N'entendit

N'entendit pas raison ;
Et c'est alors que nous connûmes
Qu'assurément, à nos costumes,
On nous prenait pour des vauriens
Chassés de quelque ville,
Ou des esclaves Phéniciens,
Que peut-être on pourrait vendre à quelqu'imbécile.
Enfin, Mentor en voyant des troupeaux,
En entendant le son des chalumeaux,
Trouva que notre sort était encor passable.
Dans un moment plus favorable,
Moi-même, aussi, j'aurais admire ces beaux lieux,
Où le Nil impayable
Nous fait pousser des oignons-dieux ;
Mais alors je n'avais deux yeux
Que pour pleurer à qui mieux mieux.
On gémirait à moins ; aussi de ma tristesse
Mentor ne voulut pas interrompre le cours,
Et, loin de me gronder, comme il le fait sans cesse,
Il s'écria soudain : oh ! qu'il a d'heureux jours
Le peuple qui n'est pas en cage !
Dans l'abondance il nage ;
Près de lui, nos seigneurs sont des gagne-petits,
Et dans chaque ménage,
Il voit les ortolans lui tomber tout rôtis.
C'est ainsi, mon cher Télémaque,
Qu'il faudra, quelque jour, que tout aille chez vous ;
Songez que le peuple d'Ithaque
N'aime pas le vin aigre-doux,
Et qu'il lui faut du lard avec sa soupe aux choux.

4 .

Hélas! soit; mais comment, dans l'état où nous sommes,
Pouvez-vous, lui disais-je, avoir un tel penser;
Il vaudrait mieux songer à nous débarrasser
         Des griffes de ces vilains hommes......
   Mais non, mourons sans tarder plus long-tems;
Aussi bien, mon retour et ma future gloire,
Entre nous, cher Mentor, sont une mer à boire,
Et j'aurais plutôt pris la lune avec les dents.
         O fils, indigne d'un tel père !
Dit Mentor, en faisant sauter sa tabatière;
         Eh quoi! petit sans-cœur,
Pour une croquignole on crierait ô malheur !
         Apprenez, tête sans cervelle,
Qu'un jour vous reverrez le papa, la maman,
Les oncles, les cousins et toute la séquelle;
Ah! s'ils savaient qu'ici, pour une bagatelle,
         Vous faites le fanfan !
Ventre-bleu!.... Là-dessus, faisant mi-tour à droite,
Pour lorgner les beaux champs qu'en Egypte on exploite,
Il me fit remarquer vingt-deux mille cités,
Toujours pleines de joie et de petits pâtés:
         Sur quoi, d'un prince débonnaire,
         L'infatigable et bon Mentor
         Voulut recommencer encor
L'éloge, qu'il disait n'en pouvoir assez faire.
Cependant ces discours me redonnaient du cœur:
Arrivés à Mymphis, monsieur le gouverneur
   Nous fit partir pour Thèbes, la grand'ville,
Où le roi Sésostris avait son domicile.
Ce prince, qui passait pour être curieux,

Voulait connaître tout , et tout voir par ses yeux.
Quand je fus devant lui , touché de ma jeunesse,
Il désira savoir ma patrie et mon nom ,
Et pour m'encourager , me fit une caresse
En me passant la main sous le menton.
Me rappelant alors l'affaire de Sicile,
Grand roi , lui dis-je , Ulysse à qui je dois le jour,
Est souverain d'Ithaque. Il sortit de son ile
Pour aller brûler Troie , et n'est pas de retour ;
Je le cherche partout , à ses pas je m'attache,
En vain de l'univers j'ai déjà fait le tour,
Il semble qu'avec lui je joue à cache-cache.
De grâce , laissez-vous attendrir par mes cris,
Faites-moi retrouver mon père et mon pays ;
          Que de rage le sort s'en pende ,
          Et qu'un jour le ciel vous le rende !
          A ces mots, le roi Sésostris ,
Pour savoir si la chose était sûre et certaine ,
Ou bien si ce n'était qu'une *calembredaine* ,
    Fit appeler l'officier Métophis :
Informez-vous , dit-il , auprès de tel corsaire ,
Si ces deux étrangers sont Grecs ou Phéniciens ;
S'ils sont de Phenicie , ils feront maigre chère ,
Puisqu'alors ils m'auront menti comme des chiens ;
          Mais , s'ils sont de la Grèce ,
J'aime la Grèce , moi , je veux qu'on les engraisse.
    Ce Métophis était un grand coquin ,
Qui songeait beaucoup moins à l'honneur qu'à son gain ;
Il avait calculé que si , par aventure ,
Faussement, pour des Grecs , nous nous étions donnés,

Il pourrait avec art découvrir l'imposture
   En nous tirant les vers du nez,
Et que chacun de nous deviendrait son esclave :
Je fus mis au grenier, et Mentor à la cave ;
   Mais voyant tromper son espoir,
   Le fripon fit comme tant d'autres
   Qu'on voit, faisant les bons apôtres,
   Duper un roi matin et soir ;
   Ce qui fit qu'avec les esclaves
   De ce maraud de Métophis,
Je fus contraint d'aller au désert d'Oasis,
  Faire du sucre avec des betteraves,
  Ce qui veut dire (en style moins nouveau)
  Perdre mon tems à garder un troupeau.
Je voudrais bien savoir, dit alors Calypso,
   Comment de ce pas difficile
Vous vous serez tiré, vous qu'on vit, en Sicile,
Mieux estimer mourir que garder les cochons ?
A cela je n'ai pas de fort bonnes raisons,
Dit Télémaque ; ainsi, point de phrase inutile.
   Pour revenir à Métophis,
   Mentor m'apprit qu'à sa sortie
De la cave, où ce gueux le renferma jadis,
On l'avait envoyé paître en Éthiopie.
Pour moi, je fus conduit dans un désert affreux,
Où le sable brûlant qui couvrait les campagnes,
Et la neige entassée au sommet des montagnes,
Tour-à-tour me gelaient et me grillaient les yeux.
   Là, parmi des bergers sauvages,
   La nuit, je me couchais de bout,

Et le jour, de peur d'un loup,
Que l'on voyait rôder autour des pâturages,
Quand je fermais un œil, l'autre veillait à tout.
Un jour, pourtant, que le sommeil me pousse,
Envoyant tout faire *lanlair*,
Auprès d'une caverne, et sur un tas de mousse,
Je m'étends et m'endors, nez en bas, dos en l'air.
C'est alors que je vis, du haut d'une montagne,
Les chênes et les pins venir dans la campagne
Danser la fricassée au son des mirlitons ;
On eût dit que les vents n'avaient plus de poumons,
Et tandis qu'étonné d'une telle aventure,
Je contemplais ce bal d'un genre neuf,
J'entendis clairement, de la caverne obscure,
Sortir ces mots, lancés par une voix de bœuf :
O fils d'Ulysse ! un peu de patience ;
Si, faute de prudence,
Tu t'es, jusqu'à ce jour, conduit en écolier,
Si, quelque tems encor, tu dois être au collier,
Il paraîtra ce jour prospère,
Où digne enfin de tes aïeux
Et de ton père,
Tu pourras, à ton tour, être vanté comme eux,
Quand tu seras maître des hommes,
Ne sois pas assez fou
Pour oublier qu'ici tu n'avais pas le sou ;
Ne va pas, par d'énormes sommes,
Récompenser un vil flatteur ;
Que ton peuple, à jamais, te doive son bonheur ;
Partage aux malheureux ton morceau de fromage ;

Borne, à te corriger, ta gloire et ton courage ;
　Et, certe, alors tu seras bon seigneur.
　　Malgré la voix assez terrible
　　Qui me donnait ce bon conseil,
　　Je n'eus point peur, et mon réveil
　　Ne m'en trouva que plus paisible.
　　Lors, me levant sur mes genoux :
　　Je veux bien que l'on me réserve,
Me dis-je, à devenir le roi des archi-fous,
Si ce n'est encor là quelque tour de Minerve.
　　En effet je sentis en moi
　　　Certain je ne sais quoi
　　Qui me donna plus de courage,
Et bien plus de raison qu'on n'en montre à mon âge.
Des bergers du désert je fus bientôt l'amour,
Et l'esclave chargé de notre surveillance,
Butis, qui jusque-là m'étrillait d'importance,
Pour me prouver combien il m'aimait à son tour,
Ne me bâtonna plus que quatre fois par jour.
Comme j'avais une heure à donner à l'étude,
Je désirais, par-là, trouver quelque bouquin,
　　Quand, justement, un beau matin,
Je vis venir à moi, contre son habitude,
Un vieillard qui me mit un gros livre à la main.
Ce superbe vieillard était fait de manière,
　　Du haut en bas, par devant, par derrière,
Que sans sa barbe blanche et ses quatre cheveux,
Pour perdre, on aurait pu parier quelque somme,
　　Que Thermosiris (ce bon vieux)
　　　Était un tout jeune homme.

Quand il parlait, c'était si joliment,
 Qu'à moins d'être imbécile,
 Il n'était point facile
De ne pas l'écouter fort attentivement ;
De sorte qu'au récit de toutes les merveilles
Qu'il débitait si bien, moi, j'ouvrais les oreilles.
  Puis, comme en traversant les bourgs,
Souvent, avec sa flûte, il faisait danser l'ours ;
  C'est ainsi que j'appris la gamme,
   Et qu'aujourd'hui,
  Sur la flûte, madame,
  Je suis presque aussi fort que lui.
Les bergers m'appelaient leur maître de musique,
  Et les bergères du canton
  Soutenaient que j'étais l'unique
Pour faire, comme il faut, sauter un cotillon.
Ajoutez qu'au sortir d'un temple d'Apollon,
  D'où nous venions d'offrir des sacrifices,
Le soir, avec du lait, d'excellent pain d'épices ;
Avec des fruits, du beurre et du fromage gras,
Nous faisions sur l'herbette un fort joli repas.
  Mais j'allais oublier l'affaire
  Qui compléta ma réputation :
  Les yeux en feu, hérissant sa crinière,
  Voilà qu'un jour, un coquin de lion
  A corps perdu sur mon troupeau se jette ;
  Soudain j'accours, et d'un coup de houlette,
Sans forme de procès, sans tambour ni trompette,
  Je l'embroche comme un pigeon,
Et, zeste, de sa peau je me fais un manchou.

Dans les journaux d'Egypte on mit cette aventure;
Qui parvint de la sorte aux oreilles du roi.
Sésostris m'appela, reconnut l'imposture
Dont on avait osé se servir contre moi,
Et Métophis, perdant jusques à sa culotte,
Fut conduit en prison pour siffler la linotte.
Pour moi, de Sésostris je devins le toutou :
Il avait fait armer un vaisseau pour Ithaque;
Tout était déjà prêt, j'allais revoir mon trou,
      Quand soudain, la mort qui l'attaque,
    Pour mon malheur, vint lui tordre le cou :
Tout le monde pleurait, et moi bien davantage;
Car je pleurais autant de chagrin que de rage.
       Le successeur de Sésostris
       Des méchans rois était la perle,
       Et s'il se nommait Bocchoris,
       Je le surnomme un vilain merle;
       Car je ne sais pas un démon,
       Parmi les démons, si damnable,
       Si ce n'est pourtant le grand diable
    Qui m'a soufflé de quitter la maison.
       Bocchoris donc, afin de faire
       Précisément tout le contraire
De ce qu'en ma faveur avait fait le feu roi,
Décagea Métophis, et l'oiseau pris fut moi.
Pour le coup, je perdis tout-à-fait l'espérance
       De mon retour,
Et m'attendais plutôt à voir danser ma tour,
     Qu'à voir venir ma délivrance.
La tour en question était près de la mer :
                              Un

Un jour, par un tems clair,
La lorgnette à la main, je vis voguer au large,
Des vaisseaux qui semblaient poussés vers le rivage.
Ces gens étaient des ennemis-amis,
Que moitié des sujets du seigneur Bocchoris
Avaient fait venir de la sorte,
Le tout pour leur prêter main-forte
Contre ce mauvais roi qu'ils voulaient détrôner.
Bientôt je vis le combat se donner :
L'enragé Bocchoris s'y battit comme quatre ;
Mais ses troupes et lui se firent échiner ;
Un boulet phénicien de son char vint l'abattre,
Et de peur qu'il ne fût qu'étourdi par le coup,
Un chasseur égyptien lui fit sauter le cou.
Quelle tête, bon Dieu ! quelle effroyable face !
Je crois la voir encor me faire la grimace,
Rouler ses yeux, grincer les dents.....
Ah ! qu'une tête à bas vous déguise les gens !
Quant à moi, si jamais on me voit à la place
Du papa roi,
Je ne conduirai pas mon peuple à coups de gaules ;
Ne serait-ce, ma foi,
Que pour avoir toujours le cou sur les épaules.

FIN DU CHANT PREMIER.

5

SOMMAIRE DU CHANT DEUXIÈME.

TÉLÉMAQUE raconte que le successeur de Bocchoris, rendant tous les prisonniers tyriens, lui-même Télémaque fut emmené avec eux à Tyr sur le vaisseau de Narbal qui commandait la flotte tyrienne; que Narbal lui dépeignit Pygmalion, leur roi, dont il fallait craindre la cruelle avarice; qu'ensuite il allait s'embarquer sur un vaisseau cyprien pour aller par l'île de Cypre en Ithaque, quand Pygmalion découvrit qu'il était étranger, et voulut le faire prendre; qu'alors il était sur le point de périr, mais qu'Astarbé, maîtresse du tyran, l'avait sauvé, pour faire mourir en sa place un jeune homme dont le mépris l'avait irritée. Calypso interrompt Télémaque pour le faire reposer. Mentor le blâme en secret d'avoir entrepris le récit de ses aventures, et lui conseille de les achever puisqu'il les a commencées. Télémaque raconte que pendant sa navigation de Tyr jusqu'en l'île de Cypre, il avait eu un songe où il avait vu Vénus et Cupidon, contre qui Minerve le protégeait; qu'ensuite il avait cru voir aussi Mentor qui l'exhortait à fuir l'île de Cypre; qu'à son réveil une tempête aurait fait périr le vaisseau, s'il n'eût pris lui-même le gouvernail, parce que les Cypriens, noyés dans le vin, étaient hors d'état de le sauver; qu'à son arrivée dans l'île, il avait vu avec horreur les exemples les plus contagieux; mais que le Syrien Hazael, dont Mentor était devenu l'esclave, se trouvant alors au même lieu, lui avait rendu ce sage conducteur, et les avait embarqués dans son vaisseau pour les mener en Crète; et que dans ce trajet ils avaient vu le beau spectacle d'Amphitrite traînée dans son char par des chevaux marins.

CHANT DEUXIÈME.

CALYPSO s'amusait beaucoup
De voir que Télémaque, avec tant de franchise,
    Pour ne lui rien cacher du tout,
Faisait jusqu'à l'aveu de la moindre sottise ;
Mais ayant remarqué que notre jeune Grec,
A force de parler, avait le gosier sec,
La déesse ordonna qu'on lui versât rasade
    D'une excellente limonade,
Que Télémaque alors se passa par le bec.
    Après quoi, ne voulant plus boire,
Le fils d'Ulysse, ainsi, poursuivit son histoire :
Dès qu'on eut enterré le défunt Bocchoris,
On plaça sur le trône un certain Thermutis,
Qui, d'après un traité de paix et d'alliance,
    Au gré de leur impatience,
    Devait, sous deux heures de tems,
Aux Phéniciens captifs donner la clé des champs.
    Malheur est bon à quelque chose :
    Métophis (on en sait la cause),
De son autorité, m'ayant fait Phénicien,
Comme tel, je fus libre, et m'en trouvai fort bien.
Nous eûmes, cette fois, un vent très-favorable,
Et sorti d'un état plus ou moins misérable,

                        5 *

Chacun de nous, enfin, se livrait à l'espoir
De regagner, dans peu, son paisible manoir.
Un jour, le vieux Narbal, commandant du navire,
              Me pria de lui dire
Quels étaient mon pays, mon état et mon nom.
          Il me parut si bon garçon,
            Que pour contenter son envie,
          Je lui racontai, sans façon,
            Les catastrophes de ma vie.
            Si vous n'étiez pas babillard,
Me dit-il, je pourrais aujourd'hui vous apprendre
        Un grand secret, que vous sauriez trop tard;
Mais, chut! parlons plus bas, on pourrait nous entendre.
Expliquez-vous, lui dis-je; en fait de grand secret,
        Je suis votre homme, et, pour être discret,
Il n'est pas, je vous jure, un muet qui me vaille :
Me parler, c'est, ma foi, parler à la muraille.
Narbal m'apprit alors que nous allions à Tyr;
        Mais qu'il fallait, pour lui faire plaisir,
Y cacher avec soin que j'étais fils d'Ulysse,
Attendu qu'autrement, le roi Pygmalion
        M'y retiendrait, pensant que ma rançon
Pourrait lui faire faire un joli bénéfice.
Je suivis le conseil du brave commandant,
        Et lorsque j'entrai dans la ville,
En échange du mien, voulant un nom facile,
        Mais bien appliqué cependant,
Je me fis appeler monsieur *Partout-Rôdant.*
          D'après mainte remarque,
Qu'avait faite Narbal sur ce Pygmalion,

J'aurais voulu pourfendre un si méchant monarque ;
Car depuis que j'avais embroché mon lion,
Je ne craignais plus rien ; mais il fut impossible
    De l'aborder : ce fieffé loup-garou,
    Qui pour chacun se rendait si terrible,
Redoutait tout le monde, et vivait dans un trou.
Bientôt il ordonna qu'on renvoyât la troupe
    Des insulaires cypriens,
Que j'avais vus combattre avec les Phéniciens ;
Mais comme on n'avait pas alors le vent en poupe,
    Il fallut bien attendre un vent meilleur.
    Ce contre-tems m'avait fendu le cœur ;
Car Narbal, qui guettait le départ de la flotte
Pour me faire partir comme étant Cyprien,
S'il était dénoncé par quelque sans-culotte,
    Risquait d'aller danser sur rien.
Cependant, pour montrer bon cœur contre fortune,
    Et pour ne pas perdre mon tems
    A regarder le soleil ou la lune,
Je voulus visiter et la ville et les champs.
Chaque jour j'apprenais du nouveau dans mes courses ;
Mais la chose, sur-tout, dont j'étais enchanté,
C'était de voir que là, dans toute la cité,
On ne rencontrât pas un seul coupeur de bourses :
    Oh ! c'est qu'à Tyr, on n'est point fainéant ;
    Que l'on travaille, et qu'un riche préfère,
Par l'homme qu'au larcin porterait la misère,
    Faire gagner que voler son argent.
    Je vis encor plus d'une chose,
Qui me prouva qu'ailleurs tout allait de travers ;

Mais , pardon , comme ici mon discours est en vers;
Je dois être , madame, un peu plus court qu'en prose.
Un jour , qu'avec Narbal je causais sur le port,
Un estaffier du roi vint lui frapper l'épaule.
　　　　Je trouvai cela drôle ,
　　　　Ne sachant pas d'abord ,
Qu'en la farce j'allais jouer un vilain rôle.
Par politesse , alors , je me tiens à l'écart ;
Mais bientôt Narbal vient , et me prenant à part :
Le prince, me dit-il , veut savoir qui vous êtes ;
Il nous soupçonne...... Ainsi , pour n'être pas pendus ,
Nous devons devant lui soutenir *mordicus* ,
　　　　Et jurer sur nos têtes ,
　　Que vos parens à Cypre sont connus ;
Que leur ville natale est celle d'Amathonte ,
　　　　Et qu'enfin , votre père Oronte ,
　　Qui vit encor, s'il n'est point *defunctus* ,
Y moule , en plâtre blanc , des portraits de Vénus.
Fi ! lui dis-je ; qui ? moi ! faire un pareil mensonge !
Dieu m'en garde ; ah ! vraiment, je frémis quand j'y songe,
Et dût-on m'assommer de coups comme un ânon ,
Je ne dirais pas *oui* quand il faut dire *non*.
Narbal, pour me convaincre , usait sa rhétorique ,
　　　Et commençait d'y perdre son latin ;
　　Car , plus têtu qu'une vieille bourrique ,
　　J'en revenais toujours à mon refrain. .
Sur ce chapitre-là nous en étions encore ,
Quand nous vîmes paraître un certain mirliflore ,
Qui venait nous trouver de la part d'Astarbé.
Cette femme était belle autant qu'une déesse ;

Elle avait tant d'esprit, de grâce et de finesse,
Que le roi n'avait pu se croire mieux tombé
        Que de la choisir pour maîtresse ;
Mais, dès que je la sus et cruelle et traîtresse,
        Je lui trouvai le teint plombé.
Il existait à Tyr un fort joli jeune homme,
Né-natif de Lydie, appelé Malachon,
            Et qui n'était, en somme,
        Qu'un petit-maître, un drôle, un polisson.
Astarbé, qui le vit, en devint amoureuse ;
Mais lui, qui risquait tout si le roi le savait,
        Aimant d'ailleurs une jeune danseuse,
            Renvoya le galant poulet ;
De quoi dame Astarbé se trouva furieuse.
            Dans sa rage, et pour se venger,
        Elle pensa qu'avec un peu d'audace,
On pourrait aisément le coffrer à ma place,
            Comme étant le jeune étranger
Dont le roi soupçonneux voulait savoir la race.
La coquine, en effet, s'arrangea de façon
Que le pauvre Lydien fut coucher en prison.
Le mirliflore donc, de la part de la belle,
            Était venu dire à Narbal
            Qu'il avait tout à craindre d'elle,
Et qu'en l'air, il pourrait fort bien danser un bal,
S'il gardait l'inconnu qu'il avait en tutelle.
C'était me commander de lever la semelle,
Et je n'attendis pas qu'on me le dit deux fois.
        Mais, avant tout, plus contens que des rois,
Nous voilà rendant grâce aux Dieux, à qui, je crois,

Nous devions, en effet, une belle chandelle.
Soudain, le vent changea très-favorablement ;
Déjà les Cypriens gagnaient leur bâtiment :
          Il faut partir, ô Télémaque !
Me dit Narbal ; marchons, je veux jusqu'au vaisseau
Vous conduire moi-même.... Ah ! que le temps est beau !
Assurément, mon cher, vous reverrez Ithaque,
               Puisque les Dieux
Vous permettent de fuir ces détestables lieux.
Je voudrais bien pouvoir vous suivre ;
Mais, hélas ! c'en est fait, je vois qu'il me faut vivre
Et mourir même ici, car je suis déjà vieux.
Pour vous, mon cher enfant, partez, soyez heureux ;
Allez, à la maison, consoler votre mère,
          Qui, pour avoir tant d'amoureux,
          N'est pourtant pas femme à s'en faire.
          Chassez-moi ce tas de gredins,
          Et si vous embrassez Ulysse,
Dites-lui que Narbal est tout à son service,
          Et qu'il lui baise bien les mains.
          Cela dit, nous nous séparâmes,
          Et tandis qu'à force de rames,
En pleine mer le vaisseau s'éloignait,
Chacun de nous encor, pour se voir se lorgnait.
          En cet endroit tirant sa montre,
La déesse trouva qu'il était à propos
D'ajourner la séance à prochaine rencontre,
Et commanda, soudain, qu'on lui tournât le dos.
          Allez, dit-elle, à Télémaque,
          Allez, en paix, Dauphin d'Ithaque,
                              Faire

TRAVESTI.

Faire dodo jusqu'à demain ;
Mais, quand l'aurore avec sa main,
Ou, comme on dit, ses doigts de roses,
Viendra r'ouvrir de l'orient
Les portes à double battant
Que le nègre Vesper a closes,
Et que du blond Phébus, sur-tout,
Les chevaux, dans la mer, auront bu tout leur soûl,
Alors, si vous voulez m'en croire,
Nous reprendrons, mon cher, le fil de votre histoire.
Ulysse, auprès de vous, n'est qu'un petit garçon,
Le grand Alcide un vrai poltron,
Et les travaux d'Hector, de Thésée et d'Achille,
Près des vôtres ne sont que des jeux d'imbécile......
Mais, déjà vous dormez tout droit ;
Venez, pour mieux ronfler, dans ce petit endroit.
La déesse, à ces mots, conduisit Télémaque
Sous une espèce de baraque
Où coulait un ruisseau qui rendait ce manoir
Humide un peu, mais dont le doux murmure,
Sur des cailloux, je vous assure,
Vous aurait fait dormir du matin jusqu'au soir.
Là, sur deux lits d'une molle verdure
On avait étendu deux magnifiques peaux
De veaux,
Dont chacune pouvait (à bien la mettre en place),
Tenir lieu d'oreiller, de draps et de paillasse.
Mentor, qui dès long-tems n'avait pas dit un mot,
Et qui craignait, je crois, d'avoir perdu sa langue,
Pour s'assurer du contraire au plutôt,

A Télémaque, ainsi, débita sa harangue :
    Vous êtes le plus grand bavard,
    Mon cher ami, que je connaisse !
    Vous le voyez, votre déesse
Prouve, en allant se coucher aussi tard,
Que par vos beaux discours elle est ensorcelée ;
Pensez-vous maintenant que cette écervelée,
Qui veut vous faire, ici, tomber dans son panneau,
Vous permettra de construire un vaisseau,
    Pour prendre enfin votre volée ?.....
Eh bien ! *croyez cela*, mon cher, et *buvez d'l'eau.*
    Comment ça *d'l'eau ?* marmota Télémaque
    Qui se trouvait aux trois quarts endormi ;
    Que diantre ! il faut bien, mon ami,
    Riposter à qui nous attaque.
Je suis de votre avis, répliqua le barbon ;
    Mais, c'est égal, vous n'avez point raison :
    Tout cela se bornait à dire,
Qu'en Sicile on est mal, en Égypte encor pire,
Et qu'en votre pays on est mieux que partout ;
Mais la sottise est faite, il faudra bien la boire,
    Et demain, jusqu'au bout,
    Pousser votre histoire.
Voyant que Télémaque alors n'entendait plus,
Et que d'autres discours deviendraient superflus,
    Mentor, content de sa harangue,
    Et d'avoir retrouvé sa langue,
Après qu'il eut placé son éteignoir,
Finit par s'endormir en se disant bonsoir.
    Le lendemain, dès la première aubette,

Ayant entendu Calypso,
Sur ses nymphes crier haro !
Et pour les réveiller, au bout de sa baguette,
Leur faire danser l'olivette,
Il pensa qu'il était prudent,
De peur d'une aubade pareille,
De tirer du lit par l'oreille,
Télémaque – Partout – Rôdant.

Allons, sur pied, point de paresse,
Lui dit-il ; mais avant d'aller chez la déesse,
Passez votre jaquette, et jurez sur l'honneur,
Que vous mépriserez son langage flatteur :
Vous le devez ; car la donzelle,
Hier, en vous mettant au-dessus du papa,
D'Hector, d'Achille, *et cetera,*
Se moquait, à coup sûr, ou de vous ou bien d'elle ;
Mais c'est de vous, j'en suis certain.
Ne soyez donc plus gobe-mouche,
Et ne prenez les mots qui sortent de sa bouche,
Que pour une *attrape-Dandin.*
Alors, tout occupé du récit qu'il apprête,
Télémaque répond par un signe de tête,
(Ce qui n'était pas fort honnête) ;
Mais, n'importe, Mentor, qui le voit rêvassant,
Dit à part soi : tant-mieux ; qui ne dit mot consent.
Aussitôt que, de sa fenêtre,
Calypso les eut vus paraître,
Elle sourit,
Non de bon cœur ; mais, comme on dit,
De travers et du bout des dents ;

Car elle prévoyait que le vieux rabat-joie ;
    Ferait si bien, malgré tant d'accidens,
Que Télémaque un jour, pour revoir ses parens,
    La planterait là comme une oie.
      Après qu'on se fut dit bonjour,
Calypso, s'emparant du bras de Télémaque,
Passa dans son jardin. Là, pour première attaque :
Je vous trouve, aujourd'hui, joli comme un amour,
Lui dit-elle ; ah ! mon cher, poursuivez votre histoire ;
Moins elle est vraisemblable, et plus j'aime à la croire ;
Vous parlez comme un ange, et, soit dit entre nous,
Toute la nuit, mon cœur, je n'ai songé qu'à vous ;
    Tellement que, de Phénicie
Voyant que vous partiez pour l'île des paillards,
Je voulus, dans mon rêve, être de la partie,
Et jusqu'en Cypre enfin, partager vos hasards.....
Mais allons nous asseoir au pied de cette butte,
    Et commençons à la minute.
Cependant Calypso, qui voyait que Mentor
    Ne perdait pas sa plus petite œillade,
Et qui s'en dépitait sans l'oser dire encor,
Aurait voulu, je crois, le savoir bien malade.
    Quoi qu'il en soit, pour ouïr le beau blond,
Les nymphes à l'instant forment le demi-rond,
    Et Télémaque, avec beaucoup de grâce,
    Au beau milieu prenant sa place,
Poursuit ainsi, la rougeur sur le front :
Notre vaisseau, madame, allait d'un train de diable,
    Et bientôt nous fûmes si loin,
Que le clocher de Tyr, de près épouvantable,

Nous paraissait moins gros qu'une botte de foin.
      Comme jamais, dans mes études,
On ne m'avait parlé des mœurs des Cypriens,
Je voulus, pour connaître un peu leurs habitudes,
      En juger par leurs entretiens;
Ce qui m'ennuya tant, que je ne pus, foi d'homme !
M'empêcher de bâiller, et d'aller faire un somme.
      Alors je rêvai que Vénus,
Dans un char attelé de six pigeons pattus,
Traversait les brouillards; elle avait le costume
Qu'elle portait le jour où, couverte d'écume,
      Au sortir de la mer,
   Elle manqua d'aveugler Jupiter.
Soudain elle s'approche, et me frappant l'épaule :
      Allons, grand drôle,
Me dit-elle, il est tems de me faire ta cour.
    Tu vas entrer dans un séjour
    Que j'ai choisi pour mon empire;
    Là, tu pourras faire l'amour,
      Et, tout le long du jour,
    Boire, danser, chanter et rire.
Quant à l'air du pays, que tu ne connais pas,
    Il te faudra, s'il t'est contraire,
    Respirer l'odeur salutaire
    D'un onguent que tu m'offriras;
    Tandis que moi-même, en revanche,
    Et pour te rendre la santé,
    Je t'enverrai faire la planche
    Dans un grand bain de propreté.
    Livre ton cœur à l'espérance,

Et sur-tout, l'ami, garde-toi
De résister à ma puissance,
Si tu veux que ton dos n'ait pas affaire à moi,
Cela dit, je vis derrière elle
Un fort joli petit garçon,
   Qu'à son carquois, et par le bout de l'aile,
Je reconnus pour être Cupidon.
     J'allais lui donner du bonbon ;
     Mais tandis qu'ainsi je l'allèche,
     Le petit monstre avec sa flèche,
M'ajuste en ricanant. Il m'eût percé le cou,
Sans Minerve ou Pallas qui, d'une *pichénette*,
     Détourna le trait d'arbalète,
Et l'envoya soudain faire plus loin son trou.
Je ne sais qui me tient, lui dit-elle en colère,
     De te donner de ma main sur le cu,
     Bambin, marmot, jean-fesse à double père !
Va, va, tu ne vaincras qu'un maroufle, un tondu :
Pour pouvoir t'échapper et t'envoyer au coche,
     La sagesse encor, dans sa poche,
     A de la corde de pendu.
Alors mon polisson, sans demander son reste,
     Prend sa volée, et cela leste et preste,
     Lâchant du haut du firmament,
Ce qu'il n'est pas aisé de nommer poliment.
     A cette indécence effrontée,
     Autour de moi baissant les yeux ;
Je vis que, sans vouloir recevoir mes adieux,
Minerve, tout-à-coup, s'était escamotée.
Bientôt il me sembla que je voyais Mentor

A la porte d'un cimetière ;
Mais ce fantôme, fait d'une vapeur légère,
    Quand, vers lui, j'eus pris mon essor,
Me laissa place vide, et me voilà par terre ;
Surpris à mon réveil, d'une étrange façon,
De me trouver le nez sur un tas de goudron.
Cependant les vauriens que portait le navire,
Tandis que je pleurais mon pauvre barbichon,
    Chantaient la mère Godichon,
Mangeaient fort, buvaient sec, et s'étouffaient de rire ;
    Mais pendant que tous ces braillards
S'amusaient de la sorte, et me rompaient la tête,
    Voilà qu'une horrible tempête,
    En effrayant mes égrillards,
Me prouva que les gueux ne valent pas deux liards.
    Ils pleuraient tous plus que des femmes,
    Et pareils à des corps sans âmes,
    Ils demeuraient les bras croisés,
Promettant à Vénus, s'ils échappaient aux lames,
  .Qu'en son honneur, ils aimeraient les dames,
    Ni peu, ni trop, mais bien assez.
Aucun d'eux ne songeant à faire la manœuvre,
    Je pensai qu'en sauvant ma peau,
    Ce serait faire une bonne œuvre
Que de me déclarer commandant du vaisseau.
    J'envoyai leur pilote au diantre,
Je pris le gouvernail, leur mis du cœur au ventre,
Et leur fis bientôt voir que pour fuir un écueil,
Certe, je n'avais pas une paille dans l'œil.
    Enfin, sur le plancher des vaches,

Me voilà débarquant avec mon tas de lâches,
       Qui, bien assurément,
Ne songeaient plus alors à faire un testament.
    Le sol de Cypre est d'une telle trempe,
Qu'en y mettant le pied, vous attrapez la crampe,
      Ou, s'il faut parler mieux,
Qu'on y prend, tout-à-coup, l'air d'un franc paresseux.
     C'est le pays des fariboles,
Et si vous voulez faire ou voir des *gaudrioles*,
C'est là qu'il faut aller plutôt qu'en d'autres lieux.
     Du reste, sur la moindre butte,
Les pissenlits poussant comme des champignons,
Un manant, les deux poings flanqués sur les rognons,
Croit n'avoir, dans les champs, qu'à faire la culbute.
    Un Cyprien, bien loin d'être jaloux,
Quand sa chère moitié fait ailleurs les yeux doux,
     Chante, en buvant cinq à six coups,
     Pour s'étourdir sur l'aventure :
     Les femmes valent mieux que nous,
     Et j'en rends grâce à la nature.
     Aussi n'est-il point d'affiquets,
     De rubans, de colifichets,
     Dont, tous les jours, chaque donzelle
Ne change pour mieux plaire, et paraître plus belle ;
Mais leurs yeux en coulisse, et leur air de langueur,
Au lieu de m'attirer, me faisaient mal au cœur.
Vous saurez que Vénus a trois temples dans l'île :
     Cythère, Idalie et Paphos ;
     Pensant qu'il était inutile
De les visiter tous, je voulus voir en gros

                               Ce

Ce qu'était celui de Cythère,
Dont parlaient si souvent les galans de ma mère.
En voyant ce beau temple, on ne peut concevoir
Comment les Cypriens, cités pour leur paresse,
Ont déployé là tant d'adresse,
D'esprit, de goût et de savoir.
Pour m'assurer s'il était tout de marbre,
Du bas jusques en haut,
Après l'avoir, en bas, regardé comme il faut,
Pour le voir jusqu'au coq, je grimpai sur un arbre,
C'est là que vingt peuples divers,
De chaque bout de l'univers,
Apportent des œufs frais, que la grande-prêtresse
Gobe en l'honneur de la déesse,
Le tout, pour l'empêcher d'avaler de travers.
Ce qu'on voit dans ce temple,
Madame, est si vilain, que, pour le bon exemple,
Ici, même tout bas,
Dût-on m'écorcher vif, je ne le dirais pas.
Ce spectacle, d'abord, me fit rougir de honte,
Et je fermai les yeux,
Ne voulant les r'ouvrir que bien loin de ces lieux;
Mais, quel diable de conte!
Pour décamper du temple, il fallait bien y voir:
Que faire alors?...... Je fis le borgne;
Or, vous saurez que quand ainsi je lorgne,
Je vois les choses moins en noir;
Car, ce que mes deux yeux avaient pris pour orgie,
Et pour le plus honteux excès,
Parut à mon œil gauche un jeu de fantaisie,

Où , vu la mode , je songeais
Qu'on pouvait trouver goût à faire sa partie.
Les Cypriens , pensant que je fermais l'œil droit ,
Pour ne voir qu'à moitié , leurs petites fredaines
              Avec les Cypriennes ,
M'appelaient caliborgne , et me montraient au doigt.
              Piqué de la mésaventure ,
Et craignant de passer par tous les bernemens
      D'un chevalier de la triste figure ,
J'étais près d'imiter ces mauvais garnemens.
Enfin de ma pudeur je n'étais plus le maître ,
      Et , par-ma-foi , j'allais l'envoyer paître ,
Quand , dans le bois voisin se tenant en arrêt ,
Je vis Mentor de bout , planté comme un piquet.
Transporté de revoir ce bon vieux camarade ,
Je l'atteins en trois sauts , et par une embrassade
Je veux lui témoigner l'excès de mon plaisir ;
      Mais , repoussant cette accolade :
Tournez-moi les talons , fuyez , il faut partir ,
Me dit-il ; ce pays vous donnerait la peste ,
Allons , qu'on se dépêche , hâtez-vous d'en sortir ;
Fuyez , fuyez , vous dis-je , et sur-tout , soyez leste.
      Je partais donc ; mais avec moi
Voyant qu'il se refuse à se mettre en voyage ,
      Parbleu ! vous me direz pourquoi ,
M'écrié-je , et soudain , lui sautant au visage ,
Je m'accroche à sa barbe , et fais un tel tapage
      En lui secouant le menton ,
      Que , pour-le-coup , changeant de ton :
Eh bien ! soit , me dit-il ; mais avez-vous la rage ?

O Télémaque! êtes-vous fou?
Haie! houf! lâchez-moi donc, vous me tordez le cou....
Sachez que Métophis, pensant que mon air grave
　　Me rendait propre à faire un rat-de-cave,
　　　　M'envoya sonder les tonneaux
Que les Ethiopiens cachaient dans leurs caveaux;
Mais, bientôt, obligé de fuir d'Ethiopie,
J'allai verbaliser sur les vins de Syrie.
Alors me trouvant *Grec* jusqu'en procès-verbaux,
Un certain Hazaël, qui partait pour la Grèce,
Sans savoir cependant un mot du *Lexicon*,
Me fit quitter Damas pour lui donner leçon.
Nous voyageons ensemble, et malgré la tendresse
Que j'ai toujours pour vous, sans que cela paraisse,
Il faut nous séparer encor pour cette fois,
　　　　Car Hazaël me presse
　　　De le mener chez les Crétois,
Pour pouvoir de Minos y déchiffrer les lois.
　　　Eh quoi! lui dis-je, en lâchant prise:
　　　Cet Hazaël est-il donc un cheval,
　　　　Un butor, un franc animal?
N'importe, et fût-il rude autant qu'un vent de bise,
　　　Je parierais ma dernière chemise,
Que je l'adoucirai, que j'obtiendrai de lui
De vous suivre, et cela, pas plus tard qu'aujourd'hui.
Parlez donc, dit Mentor; car le voici lui-même,
　　　C'est ce grand sec en bonnet noir;
　　　Mais, avant tout, il est bon de savoir
Qu'il vient d'offrir, au temple, un fromage à la crème.
　　　C'est fort bien fait; mais l'important,

Lui dis-je, est de savoir s'il est un bon enfant.
Là-dessus, je me mets à pleurer comme un diantre,
Et devant Hazaël, me jetant à plat ventre,
Ah ! monsieur, m'écrié-je, auriez-vous bien le cœur
De me laisser partir sans mon vieux précepteur ?
Vous voyez à vos pieds le propre fils d'Ulysse ;
Ce que j'en dis n'est pas pour vanter ma grandeur,
Mais pour vous engager à me rendre service.
   Mon père est un des rois
    Qui pour venger la belle Hélène,
   Qu'on dit pourtant n'en valoir pas la peine,
Forcèrent les Troyens de coucher dans les bois.
    Depuis qu'il a vendu son casque
    Pour retourner dans ses états,
Il marche, en égaré, de climats en climats.
Pour moi, j'ai beau courir après lui comme un Basque,
C'est toujours vainement, et j'en suis pour mes pas.
   Ah ! s'il est vrai que vous n'ayez point l'âme
    Plus noire que votre bonnet,
   Accordez-moi ce qu'ici je réclame,
Et dussiez-vous de moi ne faire qu'un valet,
Pour vous suivre j'aurai bientôt fait mon paquet.
Il sourit, me relève, et me parlant en suisse :
Pour moi, connaître un peu fotre la père Ulysse,
Me dit-il, ch'affire su qu'il être courucheux,
Qu'il affire du finesse, et de la poil aux yeux ;
Aussi, moi che foutoir rendre à fous é'ti serfice
   De te fous prendre tous les deux ;
   Pour toi donc, plus crier misère,
   Plus crier malheur aussi fort,

Pourquoi , si , par-là-bas , tout le monde être mort ,
Moi souloir defenir et ta père et ton mère.

Comprenant , à son baragouin ,
Qu'il ne m'emmenait pas pour laver des assiettes,
J'en fus si transporté , que , sans aller plus loin ,

Et lui retroussant les jaquettes,
Je lui fis , où l'on sait , deux baisers en pincettes ;
Après quoi, se trouvant à demi-stupéfait
D'avoir été baisé sur un pareil visage ,
Il me dit en riant que cela chatouillait,
Et nous partîmes tous pour nous rendre au rivage.
Quand nous ne vîmes plus que la mer et les cieux,
Hazaël m'entreprit, et parut curieux
De savoir de quel œil j'avais vu les coutumes ,

Les jeux de mains et les costumes
Du peuple à qui nous faisions nos adieux.
Je lui dis franchement que c'était de l'œil gauche ;
Mais qu'avec tout cela , peu s'en était fallu

Que je n'eusse dans la débauche
Donné comme un perdu.
Quand il vit qu'après-tout , j'étais demeuré sage :
Moi safoir , ó Fénus ! dit-il en son langage ,

Que sur son queue en mettant grain de sel ,
Toi poufoir attraper l'oiseau la plus saufache ,
Che n'être pas fâché que ch'affre à ta autel

Porté ç'tila petit' fromache
Mais , pour moi pas du tout content
Que toi , pour n'être pas bégueule ,
Souffrir qu'en ton la temple , aussi choli pourtant ,
Il se faire une jeu pire que pet-en-gueule.

A ces trois derniers mots,
Je ne pus m'empêcher de rire,
Ce qui fit qu'Hazaël, ne sachant plus que dire,
S'approcha de Mentor, et me tourna le dos.
Alors tous deux, pendant une heure entière,
Se mirent à jaser, d'une telle manière,
Que ne comprenant rien à leur maudit jargon,
Sinon qu'il s'agissait et d'ombre et de lumière,
Je pensai que sans doute, ils parlaient franc-maçon.
Mais, le beau de l'affaire,
C'est que leur entretien,
Où, comme je l'ai dit, je ne comprenais rien,
Me sembla cependant magnifique et superbe,
Tant j'étais, ce jour-là, bête à manger de l'herbe.
Enfin, ayant laissé leur argot de savans,
Et tandis qu'en bon grec, ils parlaient, à la ronde,
Du déluge, des dieux, des gens de l'autre monde,
Et de la pluie et du beau tems;
Et que moi-même, comme un claude,
J'assistais, tête nue, à leur petit conseil,
Nous attrapâmes tous un grand coup de soleil,
Qui nous donna la fièvre chaude.
Ce fut alors que nous vîmes dans l'eau,
Des dauphins, grands faiseurs de tours de passe-passe,
Qui, pour montrer qu'ils n'avaient sur la peau,
Que de l'écaille et point de crasse,
Sautaient en nous jetant de l'écume à la face.
Après eux venait maint triton,
Qui d'Amphitrite entourant la coquille,
Faisait aussi des sauts d'anguille,

Et lui chantait *Malbroug* sur l'air de *Margoton*.
Pour inspirer aux vents des craintes salutaires,
On voyait la déesse, une verge à la main,
Malgré son air nitouche et son regard benin,
A son fils Palémon donner les étrivières,
Tandis que pour hâter lentement ses coursiers,
Quatre zéphirs joufflus leur soufflaient aux fessiers.
Enfin, tous les poissons, jusques à la baleine,
    Montrant la tête, au risque de mourir,
Après avoir humé des flots à perdre haleine,
        Se donnaient le plaisir
De lancer, à-l'envi, le tout par gentillesse,
La moitié de la mer au nez de la déesse.

FIN DU CHANT DEUXIÈME.

SOMMAIRE DU CHANT TROISIÈME.

TÉLÉMAQUE raconte qu'en arrivant en Crète, il apprit qu'Idoménée, roi de cette île, avait sacrifié son fils unique pour
accomplir un vœu indiscret ; que les Crétois, voulant venger le
sang du fils, avaient réduit le père à quitter leur pays ; qu'après
de longues incertitudes, ils étaient actuellement assemblés pour
élire un autre roi. Télémaque ajoute qu'il fut admis dans cette
assemblée ; qu'il y remporta les prix à divers jeux ; qu'il expliqua
les questions laissées par Minos dans le livre de ses lois, et que
les vieillards, juges de l'île, et tous les peuples, voulurent le faire
roi, voyant sa sagesse. Il raconte qu'il refusa la royauté de
Crète pour retourner à Ithaque, et que l'assemblée pressant
Mentor de choisir pour toute la nation, il leur avait exposé ce
qu'il venait d'apprendre des vertus d'Aristodème ; que celui-ci
fut proclamé roi au même moment ; qu'ensuite Mentor et lui
s'étaient embarqués pour aller en Ithaque : mais que Neptune,
pour consoler Vénus irritée, leur avait fait faire le naufrage après
lequel la déesse Calypso venait de les recevoir dans son île.

CHANT

~~~~~~

CHANT TROISIÈME.

———

L'accès de fièvre s'appaisant,
Nous ne vîmes plus rien de cette mascarade ;
Mais, comme la cervelle était encor malade,
    Le mont Ida qui, cependant,
Est de tous ceux de Crète, à-coup-sûr, le plus grand,
Ne nous parut d'abord que comme un cerf-volant
Qu'on aurait fait planer au-dessus de la rade :
    Au reste, moi, quand j'eus le nez dessus,
Je devinai la chose, et ne m'y trompai plus.
Il faut que vous sachiez, madame la déesse,
Qu'un Crétois, loin d'être homme à couver la paresse,
    Comme le fait un Cyprien,
Cultiverait son champ, dût-il n'en tirer rien,
    Que des chardons ou de la vesce.
    Là, les villages sont des bourgs ;
      Les bourgs, de grandes villes,
    Et dans la plaine on ferait cinq cents tours,
Avant d'y rencontrer deux brins d'herbe inutiles.
Mentor, qui connaissait presque tous les endroits,
    Quand il ne perdait pas la carte,
    Nous apprit qu'en Crète, autrefois,
Il avait bu du cidre, et mangé de la tarte.

8

Cette île, comme une autre, est au milieu de l'eau,
Nous dit-il ; or, cela n'est pas du tout nouveau,
      Et vous savez mieux que personne,
Qu'on appelle île, un lieu que la mer environne ;
Mais je vous apprendrai que le grand roi Minos,
      Qui ne sent plus de mal aux os,
   Y fit des lois, d'un sens si fort énigmatique,
      Que, pour en expliquer deux mots,
Il faut, pendant un an, que l'esprit s'alambique.
      Néanmoins, dès qu'on les comprend,
      On s'aperçoit incontinent,
      Que ces lois ne sont pas tant sottes,
      Ni faites à propos de bottes :
On y voit comme quoi c'est un point résolu
Que les petits enfans iront le cu tout nu,
      Afin qu'ayant cette coutume,
      Ils ne soient pas sujets au rhume,
Et ne trouvent jamais leur habit mal cousu.
      On leur apprend, à coups de verges,
      A mépriser la volupté,
      Ainsi qu'à mettre de côté
      Les petits pois et les asperges ;
      Aussi, voyons-nous les Crétois,
      Pour peu qu'ils aient une carotte,
Et deux sous pour pinter du cidre à la gargotte,
      Vivre contens comme des rois.
Tout en parlant de cidre et du prix de la pinte,
Nous débarquons auprès du fameux labyrinthe,
Fait par Dédale, et d'où le bruit s'est répandu
      Qu'un jour, son fils Icare,

D'une façon nouvelle et rare,
Un peu trop vite est descendu.
Nous admirions encor ce superbe édifice,
Qui n'est pas, à-coup-sûr, l'ouvrage d'un novice,
Quand soudain, au bord de la mer,
Nous entendons un bruit d'enfer :
C'était le peuple entier qui courait au rivage.
Comme nous désirions d'en savoir davantage,
Nausicrate (un Crétois bon enfant tout-à-fait),
De cette façon-ci nous raconta le fait :
Idoménée eut Minos pour grand-père,
Et pour papa Deucalion.
Forcé d'aller à cette guerre
Où la ville de Troie à la Grèce eut affaire,
Pour mieux se donner l'air d'un vaillant compagnon,
Il y fit plus de bruit que tout un bataillon.
A son retour, une horrible tempête
Fondit sur sa péniche avec tant de fureur,
Et lui fit tant de peur,
Qu'en ce moment, perdant la tête,
Il promit à Neptune, en ses vœux forcenés,
Que s'il le sauvait du naufrage,
Il lui ferait cadeau du premier bout de nez
Qu'il trouverait sur son passage.
Cependant son fils Colinet,
Ayant appris que son papa venait,
S'était mis dans la diligence
Afin d'aller plus vite au devant de ses pas,
Ne pouvant se douter, hélas !
Que dans cette occurrence,

Son nez, fort innocent de ces vœux insensés,
En allait, malgré tout, payer les pots cassés.
A peine Idoménée a-t-il mis pied à terre,
　　　Qu'apercevant ce cher enfant,
　　Il fait un saut de trois pas en arrière,
　　　Ferme les yeux, et d'horreur lâche un vent.
A ce profond soupir, son fils, la bouche ouverte,
D'abord reste immobile, et cherche à quel propos,
Son père, devenu tout-à-coup plus qu'alerte,
A poussé ce soupir si près du bas du dos......
Ah! papa, vous avez mangé des haricots,
Lui dit-il; mais pourquoi pleurer comme une bique?
　　　Auriez-vous donc attrapé la colique?
　　　Eh bien! venez, je vais dans le moment,
　　　　Vous faire prendre un lavement........
　　　　O trop fatale destinée!
　　　　S'écrie alors Idoménée:
Pour m'avoir exempté de boire *le grand coup*,
De quel nez, ô Neptune! ai-je à t'offrir le bout!
Dieu cruel! s'il t'en faut faire le sacrifice,
　　　　Voilà le mien à ton service:
　　　　　Lors tirant son *briquet*,
　　　　Ce qu'il avait dit était fait,
Si quelqu'un de ses gens, devinant son envie,
　　　　N'eût, tout-à-point, arrêté sa furie.
Le vieillard Sophronime, un-tant-soit-peu sorcier,
　　　　De son métier,
　　　　Lui dit que pour tromper Neptune,
Il fallait, quand ce dieu regarderait la lune,
Planter à Colinet un grand nez de carton,

Qu'on pourrait, vers le bout, lui couper tout de bon.
    Ce conseil était salutaire ;
    Mais voici bien une autre affaire !
A quoi bon, s'il vous plaît, ces discours superflus ?
    Dit Colinet ; je veux être camus.
    Allons, papa, faites avec adresse ;
D'ailleurs, il faut toujours tenir à sa promesse ;
Et puis, quand je l'aurais un peu moins aquilin,
    Quel grand malheur, si j'en suis moins vilain !
    Eh bien donc, *pan !......* dit en frappant, le père,
Et voilà, non le bout, mais tout le nez par terre.
    Après un coup si maladroit,
    Comme les gens, pour lui faire avanie,
L'appelaient *barbare homme*, et roi de boucherie,
    Idoménée, en se mordant le doigt,
    Et s'enfuyant plus vite qu'une biche,
    Vient à l'instant de gagner sa péniche :
Il s'embarque, et les vents le poussant en pleine eau,
Il va fonder ailleurs un royaume nouveau.
Cependant les Crétois, qui veulent un roi sage,
Voudraient qu'il eût un nez au milieu du visage,
Et c'est pour le choisir le meilleur qu'on pourra,
Que vous voyez, messieurs, le peuple accourir là.
Les nombreux prétendans, que la foule accompagne,
    Vont grimper au mât de cocagne,
    Faire la course, et joûter sur la mer ;
Mais il ne suffit pas d'avoir un bras de fer,
    Des reins d'Hercule, de l'adresse,
    Et sur-tout beaucoup de souplesse,
Le vainqueur dans ces jeux, ne sera nommé roi,

Que s'il peut expliquer quelques points de la loi.
Comme on voulait nous voir tous trois de la partie,
Mentor s'en excusa sur ce qu'étant barbon,
Il trouvait que le mât avait trop de savon ;
Et le suisse Hazaël, sur ce que de sa vie,
      Il n'avait fait le polisson.
Au désert d'Oasis mon lion mis en broche ;
Des ongles de six mois, fort bons pour qui s'accroche,
Et des jarrets de fer, à ne jamais s'user,
Ne me permettaient pas, à moi, de refuser.
    J'accepte donc, et j'entre dans la lice,
Où bientôt le bruit court que je suis fils d'Ulysse.
Comme dernier venu de trente concurrens,
J'attendis, pour aller attraper la saucisse,
       Que mes vingt-neuf gourmands,
    Dont, tour-à-tour, la jambe ou la main glisse,
Eussent fait, pour grimper, des efforts impuissans.
Alors je saute au mât ; puis, comme d'une griffe
Me servant de chaque ongle, et me hissant au mieux,
Je parviens au sommet...., d'où, plus fier qu'un calife,
Je me laisse glisser d'un air victorieux.
Le peuple émerveillé d'une adresse aussi rare,
    En mon honneur, crie aussitôt fanfare !
Et, pour joûter sur l'eau, tout étant préparé,
Je m'embarque, espérant d'être encore admiré.
Mais le triomphe, ici, devenait moins facile :
Un certain Samosien était le tenant bon ;
      Il avait des reins de démon,
Et voulait, disait-il, envoyer, à la file,
Messieurs les concurrens lui pêcher du poisson :

En effet, et chacun lui cédant la victoire,
Assurait que le vaincre était la mer à boire.
Soudain je me présente, et la lance au poignet,
L'un sur l'autre, aussitôt, nous fondons comme un trait.
          Au premier coup, qui menace ma tête,
Je me baisse, et sa lance attrape mon bonnet......
                    Nom d'un toupet !
Me dit Mentor ; allons, ne faites point la bête,
Ripostez..... une, deux,.... mais déjà c'était fait ;
               Et tandis que mon drôle
Me dit qu'il va m'apprendre à faire le plongeon,
D'un coup bien appliqué le frappant à l'épaule,
Je l'envoie, en pleine eau, danser un rigodon.
A ce nouveau succès, nouveaux cris d'allégresse ;
Chacun s'extasiant de ma double prouesse,
          De tous côtés il s'ouvre des paris
Que de la course à pied je gagnerai le prix,
Je me dispose donc à la triple victoire,
          Qui doit m'acquérir tant de gloire,
Et me débarrassant de mes lourds brodequins,
Pour être plus léger, je prends des escarpins.
Le signal est donné : sur nos pas la poussière
Tourbillonne, et du ciel obscurcit la lumière.
Je laisse devant moi courir les plus pressés ;
          Bientôt Crantor nous a tous dépassés,
Polyclète le suit, pressé par Hyppomaque,
Qui, pour l'atteindre, en vain, se dépite et se claque.
Déjà, de la carrière ils étaient à moitié,
Et je n'inspirais plus qu'une froide pitié,
          Quant, tout-à-coup, frappant de la semelle,

Je m'élance, je vole ; et comme avec dessein ,
Je vois que chacun d'eux m'a barré le chemin ,
   Plus prompt que l'hirondelle ,
Je trompe leur espoir, et soudain, en trois sauts ,
J'ai , pour toucher au bout, franchi mes trois rivaux.
Ne sachant plus comment me marquer son estime ,
Le peuple s'écria : *rival ! rivatissime !*
Victoire au fils d'Ulysse ! il sera notre roi ,
Et , s'il ne le veut pas, il nous dira pourquoi.
Le président des jeux, vieille tête à perruque ,
Pour me tirer de là, me prenant par la nuque ,
M'introduit aussitôt dans un vaste jardin,
  Où , rangés autour d'une table,
   Trente juges, d'un air capable ,
Me demandent, *primò*, si je sais le latin.
Oui , messieurs, dis-je alors , j'ai fait ma rhétorique.
A ce mot, qui paraît lui donner la colique,
Chacun de mes rivaux, qui n'était qu'à *musa*,
  Reste confus de ne savoir que ça ;
Et je demande alors ce qu'il faut que j'explique :
Est-ce Virgile , Horace ; Ovide ou Cicéron ?
  Le président me répondit que non ;
   Qu'il s'agissait, pour tout potage ,
   De trois petits mots de leçon ,
  A débrouiller de la même façon
Que Minos l'avait fait sur la dernière page
   Du précieux bouquin,
   Qu'il avait écrit de sa main......
   Mais comme à la langue latine
   Peut-être vous n'entendez rien,

        Aulieu

Au lieu de les traduire en latin de cuisine,
Je vais parler français si vous le voulez bien.
D'abord on demanda quel homme est le plus libre ?
Tandis que du cerveau chacun se tend la fibre,
   Je réponds, tout-à-coup :
Messieurs, c'est un pendu, qu'un boulet de calibre
Ne saurait empêcher de garder l'équilibre,
Qui peut, au nez d'un roi, grimacer tout son soûl,
Et ne tient ici bas à rien que par un bout.
  L'enfant dit vrai ! voilà, par Sainte-Barbe !
   S'écrie un juge à large barbe,
   Voilà du Minos tout craché,
  Et dans son livre il faut qu'il est pêché.
Alors, des questions passant à la seconde,
On demande quel homme est le plus malheureux ?
   Avant qu'à cela je réponde,
   Un philosophe au cerveau creux,
   Croyant nous faire un coup de maître,
Dit : le plus malheureux est celui qui croit l'être.
Aussitôt mes benêts d'applaudir en chorus,
En disant que le sage a mis le nez dessus.
Point-du-tout, m'écrié-je ! et le sage est une oie
Quand il raisonne ainsi ; certe, après un damné,
  Je le soutiens, le plus infortuné,
   C'est un ivrogne....... qui se noie.
  Bien riposté ! dit un autre barbon ;
Je ne sais, par ma foi, si le diantre s'en mêle ;
  Mais je veux être échiné par la grêle,
Si Minos autrement s'exprime en son jargon.

         9

Allons, expliquez-nous, monsieur le bon apôtre,
Me dit le président, qui n'en revenait plus,
Comment, ne pouvant voir et marcher l'un sans l'autre,
Devraient, pour voyager, s'y prendre deux perclus.
            Eh mais ! monsieur, vous voulez rire !
Lui dis-je ; rien pour moi n'est si facile à dire :
            Des deux perclus dont il est cas,
L'un, s'il a bonne jambe, à-coup-sûr, n'y voit pas ;
Et l'autre, en y voyant, s'il n'est point cu-de-jatte,
Ne ne peut apparemment lever ni pied ni patte.
            Or, voici le point important :
Que l'aveugle, à bon pied, prenne sur son échine
            L'homme à bon œil, mais impotant ;
            D'après cela je m'imagine
            Qu'ainsi, tout se trouvant au pair,
Quand l'aveugle pour deux traînera la savate,
            De son côté, le cu-de-jatte
            Pour notre aveugle y verra clair.
            Oui, c'est cela, c'est cela même,
Me dit en se levant, tout le conseil suprême ;
Nous jugeons que pour vous il n'est rien de caché,
Et que le *merle blanc* est enfin déniché.
A peine du jardin ai-je gagné la porte,
Que le peuple, apprenant que c'est moi qui l'emporte,
M'environne, et faisant un bruit désordonné,
Dit que, sur l'heure, il faut que je sois couronné,
            Soudain Mentor me tirant par la manche :
            Allons, monsieur, vous serez roi dimanche,
Me dit-il ; refusez, et répondez tout net,

Qu'un royaume de Crète, offert à Télémaque,
   Ne peut être son fait ,
Puisqu'il faut qu'un beau jour , il soit roi dans Ithaque.
Quand de répondre ainsi je me fus empressé ,
Voyant que tout de bon , je refusais le trône ,
   Le peuple fort embarrassé ,
Ne savait plus à qui décerner la couronne.
Mentor s'avance et dit : messieurs , je vois là-bas,
Un homme à cheveux blancs , qui se croise les bras ,
   Et que l'on nomme Aristodème.
On vient de m'assurer qu'il n'est point Nicodème,
Et que , pour des raisons que vous n'ignorez pas ,
   Il mérite le diadème.
Si cela n'est point faux , pourquoi faire des jeux ?
   Pourquoi chercher le plus agile ,
   Le plus adroit et le plus vigoureux ?
Tel qui joûte , qui court ou qui grimpe le mieux ,
Peut bien , pour gouverner , n'être qu'un imbécile :
   Or , messieurs , croyez-moi ,
   Choisissez , et couronnez roi
Ce vieux qui , de vous tous , paraît le plus habile.
   Aussitôt dit, aussitôt fait :
   Le peuple , qui partout est peuple ,
S'occupant moins de moi que de la rime en *uple* ,
Entoure Aristodème , et la main au bonnet ,
L'étourdit en criant qu'il a fait des merveilles ,
   Et que , pour lui , chacun est prêt
   A se couper les deux oreilles.
   Alors le vieux dit , à son tour :

Grand merci ; mais, pour Dieu ! faites-moi mieux la cour ;
Et si vous désirez que je sois votre maître,
Taisez-vous, et sachez à quel prix je veux l'être.
Primò, si, dans un an, il est sûr et certain,
      Que, plus que jamais rien-qui-vaille,
      Vous m'aurez promis, ce matin,
      Bien plus de beurre que de pain,
Ne voulant point passer pour un roi de canaille,
Je vous planterai là ma couronne de paille ;
      Secondò, je veux désormais,
      (Pour vivre encore à ma manière),
      Qu'on ne me serve d'autres mets,
      Que du pain-bis et des navets,
      Ni d'autre vin que de la bière ;
      Tertiò, messieurs, je prétends
Qu'aucun de mes deux fils à régner ne s'apprête,
      Que quand, sur le trône de Crête,
      Il neigera des boudins blancs,
    A moins qu'alors, ne trouvant plus personne,
On ne leur jette au nez, comme à moi, la couronne.
Telle est ma volonté ; voyez, décidez-vous.
Tout le monde répond : nous y consentons tous,
      Et, dans l'instant, le diadème
Est placé sur son front par le président même.
Alors à Jupiter, comme aux autres grands Dieux,
      On s'empressa d'offrir des sacrifices ;
Et pour que les petits ne pussent voir, des cieux,
Qu'on leur escamotait leur part de pain d'épices,
      On leur jeta de la poussière aux yeux.

Après cela, le roi, fouillant dans ses valises,
  Nous fit présent de ses vieilles chemises,
    Et choisissant un exemplaire
      D'un *Minos*, gros comme un missel,
De peur que, dans la route, il ne tombât par terre,
Il le fit attacher sur le dos d'Hazaël ;
      Puis garnissant nos poches
De tartes du pays, qui valaient des brioches,
    Il ordonna qu'on mit à l'eau
      Certain petit vaisseau
Qui ne devant couler qu'au bout de la semaine,
Jusqu'à l'île d'Ithaque arriverait sans peine.
Désirant profiter du bon vent qu'il faisait,
    Mentor et moi nous gagnons le rivage ;
Pour le pauvre Hazaël, n'étant point dans l'usage
De se trouver ainsi chargé comme un baudet,
Il ne pouvait bouger ; mais comme il rougissait
D'avouer combien lourd était l'esprit du sage,
    Il nous souhaita bon voyage,
Et nous dit que, pour cause, à sa place il restait.
    Cependant le petit navire,
    Allant sur l'eau comme un bijou,
    Avec la voile, on pouvait dire
    Que les zéphirs faisaient joujou.
    Le mont Ida, depuis une heure,
    Ainsi qu'une livre de beurre
    Semblait déjà s'être fondu,
    Et nous aurions pu fort à l'aise,
Tant nous étions alors près du Péloponèse,

Là, parmi cent pelés, distinguer un tondu.
Voilà qu'en moins de rien, au plus beau tems du monde
Succède avec la foudre et des éclairs affreux,
    Une obscurité si profonde,
Qu'à-peine l'on pouvait se voir le blanc des yeux.
    Dans cet orage épouvantable ;
    Comme la mort était inévitable,
      Tous les matelots éperdus,
   A deux genoux, disaient leur *in manus*,
    Et je sentis que le pilote,
    Qui de frayeur n'en pouvait plus,
     Venait de faire, en sus ;
    Un pot de nuit de sa culotte.
     Mentor, à chaque éclair,
Depuis long-tems levait le nez en l'air ;
Et j'allais de cela lui demander la cause,
    Quand, devinant la chose,
Il me dit : maintenant que j'ai vu comme il faut,
    Tout ce qui s'est passé là-haut,
Je peux vous expliquer d'où provient cet orage
Qui va nous obliger de quitter notre cage.
C'est à Vénus qu'on doit tout ce beau carillon :
    Cette déesse est enragée,
Qu'en Cypre, à ce point-là, vous l'ayez négligée,
Que d'en être sorti sans offrir un oignon.
    Dans son dépit, elle vient à Neptune
    De raconter son infortune,
Et ce Dieu, qui, sans doute, est plus galant que vous,
    Consent à servir son courroux.

Au reste, je m'en moque autant que d'une prune ;
Et tandis que nos gens ont les bras vers la lune,
Je pense qu'il est bon que nous songions à nous.
    Sur cela, dressant sa moustache,
    Et s'approchant du mât,
    Il le coupe net et l'abat
    Du premier coup de hache ;
Puis le jetant à l'eau, comme une pomme en l'air,
Et sans me demander si je suis assez leste,
Après m'avoir saisi par le bout de ma veste,
Avec moi, de la sorte, il s'élance à la mer.
Ne sachant que penser d'une semblable niche,
Tout en coulant à fond, je l'appelais butor ;
Mais bientôt, devinant quel but avait Mentor,
Me voilà, vers le mât, nageant comme un caniche.
    Enfin, dès qu'une fois
Nous eûmes attrapé ce grand morceau de bois,
    De peur que la force des lames
Ne nous en séparât, nous nous y garrottâmes ;
    Ce qui fit que tantôt dessous,
Tantôt dessus, suivant qu'il tournait avec nous,
Malgré notre courage et notre cœur de roche,
    Nous avions l'air de deux veaux à la broche.
Chaque fois qu'en roulant, nous nous trouvions dessus,
Mentor, pour profiter de nos momens perdus,
Tandis que je donnais l'essor à ma pituite,
Me disait quatre mots de ce petit discours,
Dont un nouveau plongeon que nous faisions de suite,
    Venait sans cesse interrompre le cours :

Télémaque, il ne faut pas croire,
Me disait-il, qu'ici, sans l'ordre de Jupin,
La mer, par cela seul qu'elle vous fait trop boire,
Vous puisse également ôter le goût du pain.
C'est ce Dieu qu'il faut craindre, et non pas l'onde amère,
Car dussiez-vous, d'un trait, l'avaler toute entière,
Il peut dans l'instant même, et sans la ponction,
Vous la faire couler comme un jus de bouillon,
     Tandis que, s'il en a l'envie,
     N'en bussiez-vous qu'un gobelet,
Il peut également, vous gonflant la vessie,
Vous faire, sans pitié, crever comme un mousquet....
Mais je sens de rechef que la vague nous fouette;
Préparez-vous encore à faire la pirouette.
Quand nous eûmes, ainsi, fait quelques nouveaux tours,
Mentor, qui me venait d'achever son discours,
     Ouvrit un œil, et soulevant sa tête,
     M'assura qu'enfin la tempête
     Allait cesser, et que le vent
     Nous retournerait moins souvent.
     En effet, et bientôt l'orage
     Ayant mis fin à son ramage,
Nous nous dégarrottons, et puis, tant bien que mal,
Sur le mât, tous les deux, nous montons à cheval.
Alors, pour empêcher que la moindre secousse
Ne vînt à chavirer notre morceau de bois,
Mentor, avec le pied, sondant tous les endroits,
Commandait la manœuvre, et je faisais le mousse.
     Enfin, découvrant cette plage,

                           Qui

Qui s'offrit là fort à propos,
Je criai, terre ! Et c'est dans ce bel équipage,
Pour terminer, ô déesse ! en deux mots,
Que vous nous avez vus abordant au rivage,
Plus morts que vifs, et trempés jusqu'aux os.

FIN DU CHANT TROISIÈME.

SOMMAIRE DU CHANT QUATRIÈME.

CALYPSO admire Télémaque dans ses aventures, n'oublie rien pour le retenir dans son île, en l'engageant dans sa passion. Mentor soutient Télémaque, par ses remontrances, contre les artifices de cette déesse, et contre Cupidon, que Vénus avait amené à son secours. Néanmoins Télémaque et la nymphe Eucharis ressentent bientôt une passion mutuelle, qui excite d'abord la jalousie de Calypso, et ensuite sa colère contre ces deux amans. Elle jure par le Styx, que Télémaque sortira de son île. Cupidon va la consoler, et oblige ses nymphes à aller brûler un vaisseau fait par Mentor, dans le temps que celui-ci entraîne Télémaque pour s'y embarquer. Télémaque sent une joie secrète de voir brûler ce vaisseau. Mentor, qui s'en aperçoit, le précipite dans la mer, et s'y jette lui-même, pour gagner, en nageant, un autre vaisseau qu'il voyait près de cette côte. Adoam, frère de Narbal, commande le vaisseau tyrien où Télémaque et Mentor sont reçus favorablement. Ce capitaine, reconnaissant Télémaque, lui raconte la mort tragique de Pygmalion et d'Astarbé, puis l'élévation de Baléazar, que le tyran son père avait disgracié à la persuasion de cette femme. Pendant un repas qu'il donne à Télémaque et à Mentor, ce dernier joue de la lyre avec beaucoup d'adresse. Adoam raconte ensuite les merveilles de la Bétique, dont les peuples mènent une vie tranquille dans une grande simplicité de mœurs.

CHANT QUATRIÈME.

QUAND Télémaque eut fini son histoire,
Les nymphes, qui l'avaient écouté jusqu'au bout,
Ne pouvaient se lasser d'admirer sa mémoire,
    Et disaient qu'en tout, et pour tout,
Ulysse, auprès de lui, n'était qu'une mâchoire.
    Sans les grands coups d'eau qu'il a bus,
    S'écriaient encor les donzelles,
On pourrait, à son air, le prendre pour Bacchus,
    Ou, s'il avait deux paires d'ailes,
Pour Mercure, à ça près qu'il paraît moins fripon,
    Ou bien encor, pour le grand Apollon,
    N'eût-il, en tout, que trois ficelles
Sur une vieille lyre ou sur un timpanon.
Cependant Calypso n'était plus aussi jaune ;
On la voyait rougir ; et tandis qu'à leur gré,
Ses nymphes babillaient, mais tout du long de l'aune,
    Elle avait un air effaré,
    Et d'un œil égaré,
Tantôt fixait Mentor, et tantôt Télémaque,
Laissant voir qu'elle aurait, pour une bonne claque,
    Voulu découvrir quel était
Ce vieux matois dont l'air la chiffonnait.

Enfin, pour terminer un si cruel supplice,
    Elle prend par la main
        Le fils d'Ulysse,
Et l'entraîne avec elle au fond de son jardin.
Là, pour mieux réussir, mettant tout en usage,
        L'adroite Calypso
Lui dit : je suis sorcière en fait d'escamotage ;
Or, il faut m'avouer, et cela *subitò*,
Que ce Mentor n'est autre, avec son faux visage,
        Que l'enchanteur Merlomago.
Télémaque à cela ne savait que répondre ;
Car Minerve, toujours dans la peau de Mentor,
Par lui ne s'était pas fait reconnaître encor,
De peur qu'il ne pensât qu'avant de le confondre,
        Le sort jaloux le verrait pondre ;
Voilà pourquoi, malgré tout son espoir,
Calypso resta sotte, et ne put rien savoir.
        Brunes, blondes et rousses,
        De son côté, Mentor avait
        Toutes les nymphes à ses trousses ;
        C'était à qui l'étourdirait :
L'une voulait savoir ce que sa seigneurie
Avait appris de neuf dans le tems qu'elle était
        Kat-de-cave en Ethiopié ;
L'autre s'il était vrai que l'on fît à Damas,
Des sabres qui, d'un coup, jetaient la tête à bas ;
Une autre, si, partant pour le siége de Troie,
        Ulysse était mis ce jour-là,
        Comme on le voit à l'opéra,
        Avec son pantalon de soie,

Son casque de carton doré,
Et sa barbe postiche, et son jupon gaufré.
Mentor, à tout cela répondant à la ronde,
Faisait les contes-bleus les plus jolis du monde,
    Quand Calypso, voyant fort bien
    Que le penard avait eu la malice
    De tout cacher au fils d'Ulysse,
Vint, pour l'interroger, couper son entretien.
    Or, tandis que sur l'herbette,
    Les nymphes en cueillant des fleurs,
Chantaient à Télémaque : *ô ma tendre musette!*
    Pour le préserver des vapeurs,
La déesse, à l'écart, tirant son vieux sauvage,
Afin de le gagner par un plus doux langage,
Se mit à grasseyer et susseyer ses mots;
Tellement que Mentor, inondé de salive,
Eprouvait, se sentant la barbe à la lessive,
Qu'en effet, rien n'était moins sec que ses propos.
Du reste, pour savoir le fond de sa pensée,
    Je suis bien votre serviteur ;
    Autant qu'avant, la dame embarrassée
S'en trouva pour les frais du baume de son cœur,
    Et n'en fut pas plus avancée.
Depuis ce tems, elle passait les jours,
    Tantôt à flatter Télémaque,
Tantôt à ruminer quelque petit discours,
    Pour l'engager à quitter, pour toujours,
Mentor, qu'elle nommait une vieille patraque.
    Enfin, pour mieux le retenir,
    Mettant le comble à toutes ses folies,

A ses nymphes les plus jolies
Elle ordonnait de le bien dégourdir ;
Et c'est à quoi Vénus ne fut pas la dernière,
A vouloir travailler de la bonne manière.
Cette déesse, au désespoir
D'apprendre qu'en dépit de son divin pouvoir,
Ses déserteurs de Cypre étaient encore en vie,
S'arracha trois cheveux, trépigna de furie ;
Puis vers l'Olympe, en moins d'un tour de main,
Grimpa pour se plaindre à Jupin.
Son rapport fait, ô papa ! lui dit-elle,
Souffrirez-vous encor que ce morveux de Grec,
Et son vilain grigou, que Mentor il appelle,
Me passent, tous les deux, la plume par le bec !....
Jupin, qui connaissait le fond de cette affaire,
Lui cacha que Minerve, ayant changé de peau,
Sous celle de Mentor, guidait le jouvenceau ;
Il sourit donc, et pour la satisfaire :
S'il est vrai, lui dit-il, que ce coupable Grec
Ait fait le borgne au temple de Cythère,
Mille noms d'un tonnerre !
Je permets, contre lui d'employer vert et sec.
Vénus, qui, justement, n'en veut pas davantage,
Sort en battant des *ailes de pigeon* ;
Mais pour paraître encor pâle de cet outrage,
Dont elle veut avoir raison,
De blanc d'espagne ayant barbouillé son visage,
Elle va trouver Cupidon.
Vois, dit-elle, mon fils, ces gueux que rien ne tente,
Ces deux misérables mortels,

Qui, se moquant de nous comme de l'an quarante,
    Feraient caca sur nos autels !
Qui craindra désormais ta puissance et la mienne ?
Il faut absolument leur crever la bedaine :
Prends tes flèches, suis-moi ; je prétends, *subitò*,
    Dans le tuyau de son oreille,
Glisser, sur cette affaire, un mot à Calypso.
Elle dit, et son char, de couleur de groseille,
    Soudain l'emportant comme un trait,
Elle descend au bord d'une claire fontaine
    Où la déesse, à l'écart et sans gêne,
    Lavait sa jupe et son bonnet.
Calypso, lui dit-elle, ô vous ! de nos déesses
    La plus malheureuse, à-coup-sûr ;
Je sais que Télémaque a le cœur assez dur
    Pour se moquer de vos caresses ;
Il cherche, comme Ulysse, à vous faire enrager ;
Mais j'amène avec moi l'amour pour vous venger ;
Il restera chez vous, et vous verrez, ma chère,
    Comment mon petit Cupidon
    Va travailler, et ce qu'il saura faire
    Pour mettre ici son monde à la raison :
Or, pour que ces deux Grecs ne puissent reconnaître
Que mon joli marmot dans l'île est arrivé,
Sitôt que devant eux ils le verront paraître,
Vous le ferez passer pour un enfant trouvé.
Elle dit ; et soudain s'élançant vers la nue,
La voilà qui remonte ainsi qu'elle est venue,
Tandis que la déesse et l'amour, en chorus,
Faisant les polissons qui sortent de l'école,

Se mettent à chanter en regardant Vénus :
        Hanneton, vole, vole, vole.......
Calypso, dans ses bras, prit d'abord Cupidon ;
Mais sentant que le drôle était plus chaud que braise,
        Et qu'il allait lui brûler son jupon,
        Pour s'en défaire et se donner plus d'aise,
Elle remit ce dieu, plus éveillé que dix,
        Entre les mains de sa nymphe Eucharis.
Cependant Télémaque, ainsi qu'il est de règle,
        Fut enchanté de ce petit espiègle :
        Il lui trouvait un air si doux,
Qu'il le faisait souvent sauter sur ses genoux ;
        Et si quelque nymphe jolie,
        Pour amuser ce bel enfant,
Folâtrait avec lui, mons de Partout-Rôdant
        Etait toujours de la partie.
S'étant plus diverti qu'il n'avait fait encor,
        Un beau soir, il dit à Mentor :
Que ces nymphes, mon cher, sont belles et modestes !
Voyez quel ton décent et quel air retenu !
Tudieu ! ce n'est pas là ce qu'à Cypre j'ai vu :
        Un tas de ces femmes si lestes
        A vous faire un mari cornu.
        Allons, vous êtes une bête,
Lui répondit Mentor ; mettez-vous donc en tête,
        Que ces femmes à tout venant,
        Pour vous étaient moins dangereuses
        Que ne peut l'être en ce moment,
        Une seule de vos chasseuses.
Fuyez-les ; mais sur-tout, plantez-là ce bambin,
                                        Dont

Dont vous ne savez pas que Vénus est la mère,
Et qui vient, pour venger son affront de Cythère,
Vous retourner ainsi qu'une peau de lapin ;
     Ce n'est pas un dieu, c'est un diable :
     Apprenez qu'avec son brandon,
     Il a déjà, le petit misérable,
Grillé de Calypso le plus beau cotillon ;
Que ses nymphes aussi, jusques à la dernière,
Comme elle en ce moment ont la flâme au derrière,
     Et que vous-même, ô mon ami !
     Vous sentez le dindon rôti......
C'est avoir le nez fin, répondit Télémaque,
     Un peu piqué du compliment ;
     Pour moi, j'ai beau me flairer la casaque,
     Je ne sens rien absolument.
Mais pourquoi, s'il vous plaît, vouloir quitter cette île ?
Pourriez-vous, ô Mentor, soit dit sans vous fâcher,
     Contre la mer ou bien quelque rocher,
     Nous trouver un plus sûr asyle ?
     Je parierais ici beaucoup
Qu'Ulysse est, à cette heure, aux filets de S.t-Cloud ;
     Et qu'enfin croyant, sans scrupule,
     Pouvoir se choisir un amant,
Pénélope, en faveur de quelque prétendant,
     Aura fini son voile en tulle.
     Qu'irais-je faire encor chez nous ?
     Si je dis son fait à ma mère,
     Ainsi qu'à son nouvel époux,
     (Car sur cela je ne pourrai me taire),

Vous sentez bien que le beau-père ;
Pour se venger , m'assommera de coups.
Cette raison est pitoyable ,
Lui dit Mentor , et ne vaut pas le diable ;
La mienne est que je suis priseur,
Et qu'ayant lu dans certain livre ,
Que qui vit sans tabac , n'est pas digne de vivre ,
Je veux éviter ce malheur :
Vous savez que ma tabatière
Se trouve à sec , et que dans l'île entière ,
Je n'ai pu , jusqu'ici , trouver à la remplir.
Si vous restez , sans vous je saurai bien partir ;
Et quand j'éternuerai dans le palais d'Ulysse,
D'autres que vous , monsieur , me feront le plaisir
De me dire : Dieu vous bénisse.
Télémaque , à ces mots , se trouva plus confus
Que s'il avait reçu vingt-cinq coups de cravache,
Et poussant des soupirs comme des pets de vache,
Ne parlait qu'à bâtons rompus.
Incertain de ce qu'il désire ,
Tantôt il voudrait que Mentor,
Ainsi qu'il l'avait fait en sautant du navire,
Par sa veste le prît , et l'entraînât encor ,
Tantôt craignant ce vieux qui toujours le devine
Et va lui reprocher son humeur libertine,
Il donnerait son pesant d'or
Pour le savoir en Cochinchine.
Notez que tout cela le mettait aux abois,
Si bien qu'il en perdait tout de bon la cervelle :

On l'aurait pris, courant les bois,
   Pour le chien de Jean de Nivelle,
Et d'autres, le voyant plus maigre qu'un coucou,
Quand il courait ainsi, criaient au loup-garou.
   Mentor voyant avec tristesse
Que Télémaque était sur le point d'enrager,
   Conçut un dessein plein d'adresse
   Pour le tirer de ce danger.
Il avait remarqué que le Dauphin d'Ithaque,
   De la déesse était l'amant voulu ;
   Mais que monsieur de Télémaque
Avait sur Eucharis jeté son dévolu.
   Pensant alors ne pouvoir, de sa vie,
   Pour son projet, frapper un coup plus beau,
   Il voulut, par la jalousie,
Remuer sur-le-champ la bile à Calypso.
Je ne sais, lui dit-il, d'où vient que pour la chasse,
Télémaque aujourd'hui se sent autant de goût,
   Lui, que jamais sur la moindre bécasse
   Je n'ai vu tirer un seul coup.
Chaque jour cependant, il court la *pretentenne* ;
O déesse ! est-ce vous qui, changeant son humeur,
   Après un lapin de garenne
L'engagez à courir avec autant d'ardeur ?
   Peu s'en fallut qu'à ces paroles,
La pauvre Calypso ne crevât de dépit :
Quoi ! dit-elle, ce gueux qui, d'après son récit,
De Cypre a méprisé toutes les *gaudrioles*,
Se laisse prendre ici de belle passion,

Et pour qui , s'il vous plaît ?... pour une *Cendrillon* !
Comment donc ose-t-il vanter ses tours de force ?
Mentor, qui la voyait si bien gober l'amorce,
De peur que ses desseins ne fussent devinés ,
     Se taisait et baissait le nez.
Cependant Calypso , pleine de jalousie ,
Au seul nom d'Eucharis devenait cramoisie ;
     Elle avait su de bonne part ,
     Que pour lui parler à l'écart ,
   Le fils d'Ulysse , à la chasse dernière,
Prétextant une entorse , était resté derrière.
Un jour qu'on préparait une chasse nouvelle,
Pensant bien que c'était un second rendez-vous ,
Pour déranger leur plan , ah ça ! s'écria-t-elle ,
Sans moi , c'est trop long-tems *faire les quatre-coups* ;
Je prétends , cette fois , être de la partie ,
     A moins que , cependant,
     Mons de Partout-Rôdant
Ne préfère à la mienne une autre compagnie.. ...
Puis , soudain, ne pouvant contenir sa furie,
Et lui mettant les poings à deux doigts du menton :
     Ah ! maître polisson,
     S'écria-t-elle ; enfin je te devine !
Attends , j'ai là de quoi te chatouiller l'échine ,
     Visage de papier mâché !
Beau bijou de six liards ! héros à bon marché !
     Grand dépendeur d'andouilles !
     Saute-ruisseau ! ventre à citrouilles !
     Sultan manqué ! moule à vaurien !

Va, va, nous te connaissons bien :
Nous savons que ton père est un roi de la fève,
Et que ta mère, en tout, n'est qu'une *pro nobis* ;
        Qu'avec eux la corde te crève,
        Et qu'un jour, ta belle Eucharis
Puisse aussi bien que moi, te voir danser *en grève*.
Tout en lui débitant ces petites douceurs,
        Calypso, l'écume à la bouche,
        Roulait un œil rouge et farouche,
    Et devenait de trente-six couleurs.
Témoin de tout cela, Mentor riait sous cape,
De voir à la déesse un air si furibond ;
Et traitant Télémaque en pauvre moribond,
Il faisait devant lui le frère de la Trappe.
        Ne sachant sur quel pied danser,
        De son côté, le fils d'Ulysse,
Tantôt, pour se punir de son penchant au vice,
        Voulait s'aller faire fesser ;
Tantôt, réfléchissant un peu sur cette affaire,
        Il pensait qu'il était trop grand
        Pour se laisser, comme un enfant,
        Donner encor sur le derrière,
Et qu'au reste, à son âge, où chacun fait l'amour,
Il pouvait faire aussi son petit doigt de cour.
Cependant, de Cypris connaissant la rancune,
        Les dieux avaient troué la lune,
        Pour voir de là, qui, de Vénus
Ou de Mentor-Minerve, obtiendrait le dessus :
    L'amour, partout, mettait le feu dans l'île ;

Mais chaque fois que l'étourdi

L'allumait d'un côté, Mentor, non moins agile;

Pour l'éteindre aussitôt, dessus faisait pipi :

     Sur quoi le maître du tonnerre

Se mit à rire, et dit : ma foi, laissons-les faire.

Eucharis, qui déjà craignait que son mignon

Ne vînt, tout comme Ulysse, à tourner le talon,

Pour retenir ses pas, et le rendre fou d'elle,

Avait mis, ce jour-là, son bonnet de dentelle,

     Avec sa jupe *à la fanchon*.

Calypso la voyant de loin si pomponnée,

Après avoir jeté les yeux sur son miroir,

     Se trouva si mal chiffonnée,

     Qu'elle en bava de désespoir.

Elle court vers Mentor, le cœur gonflé de rage :

Est-ce ainsi, lui dit-elle, ô vieillard sans courage !

     Que vous dormez le bec dans l'eau ?

     Quoi ! vous souffrez que Télémaque,

     A votre barbe se détraque,

     Et se laisse aller comme un veau !

Pour moi, je veux, d'ici, que ce beau galant sorte.

Mentor lui demandant alors par quelle porte ;

     S'il ne tient qu'à cela,

     Reprit-elle, on va vous le dire :

Entrez dans la forêt, et de ce côté-là,

     Vous trouverez de quoi faire un navire.

Mentor n'attendit pas qu'on le lui dit deux fois ;

Et trouvant en effet dans certain coin du bois,

     Tous les outils qu'avait laissés Ulysse,

En moins d'une heure, il eut à son service,
Le plus joli vaisseau qui se soit fait d'un grain
        De poudre de *perlimpimpin*.
A peine Télémaque, au retour de la chasse,
        Eut-il aperçu ce vaisseau,
Qu'il sentit la rougeur lui monter à la face,
            Et pria Calypso,
        De lui conter à quel usage
        On destinait ce bâtiment,
    Qui, n'ayant pas un homme d'équipage,
Paraissait être, là, tombé du firmament.
C'est pour Mentor qui part, répondit la déesse......
            Quoi ! Mentor me délaisse,
S'écria Télémaque !..... ô ma chère Eucharis !
Je n'ai donc plus d'espoir qu'en ta seule tendresse !
Sans toi je dois songer à mon *de profundis*.
A ces mots imprudens, la déesse outragée
Lance un regard terrible, et comme une enragée,
        La voilà parcourant le bois,
En appelant Mentor, qui paraît à sa voix :
        Sortez d'ici, lui dit-elle en colère,
Décampez tous les deux, messagers de malheur ;
C'est trop long-tems courir après un téméraire,
        Qui se bat l'œil de mon ardeur.
Je ne veux plus revoir ce monstre de nature ;
        J'en fais le serment, et j'en jure
    Par le grand mât de la barque à Caron,
    Qui des dieux est le gros juron.
L'amour n'avait pu voir sans un dépit extrême,

Que Mentor, se moquant de son pouvoir suprême,
Pour éteindre ses feux, eût fait pipi dessus ;
     Mais dès qu'il apprit qu'en Ithaque,
Le vieux rusé voulait ramener Télémaque,
     Ce petit gueux ne se posséda plus.
     Parbleu ! vous êtes fort habile,
Dit-il à la déesse, il faut en convenir :
Eh quoi ! vous ne pouvez, maîtresse de cette île,
Empêcher Télémaque et Mentor d'en sortir ?
Petit jean-fesse, hélas ! tes conseils m'ont perdue,
Répondit Calypso, qui frémit à sa vue ;
Il te sied bien encor de te montrer dispos,
Pour vouloir aujourd'hui m'en donner de nouveaux !
Apprends que j'ai juré par la barque infernale,
     De renvoyer Partout-Rôdant :
     Je m'en dépite, et cependant,
La sottise étant faite, il faut que je l'avale.
     O les belles raisons !
     Reprit l'amour ; Je n'ai jamais vu d'acte
Plus digne de conduire aux petites-maisons !
     Ignorez-vous que, sans tant de façons,
Autre part qu'à Cythère un serment se rétracte,
Et qu'on s'est fait un jeu de tous ces grands jurons ?
     Quoi qu'il en soit, laissez-moi faire :
Ni vos nymphes ni moi, n'avons prêté serment ;
      Nous saurons bien, tout uniment,
      Pour fermer à ce téméraire
      Jusqu'à la porte de derrière,
      Mettre en charbon son bâtiment.

                                   11

Il dit, et par ses soins, les nymphes rassemblées,
Pour se donner du cœur, boivent à plein tonneau,
Et, la torche à la main, s'étant presque soûlées,
    Quoiqu'en zigzacs, courent droit au vaisseau.
Mentor, qui, par l'oreille emmenait Télémaque,
Afin de s'embarquer avec lui pour Ithaque,
    En attendant des vents *ad hoc*,
    L'avait fait grimper sur un roc.
Tout-à-coup, attirés par les cris de ces dames,
Ils voient que le navire est entouré de flâmes,
Qui paraissent de loin s'élever jusqu'aux cieux.
Télémaque, à l'aspect d'un si beau feu de joie,
    Ne se contient plus; mais le vieux,
    Qui ne veut pas lâcher sa proie,
Et dont certain vaisseau vient de frapper les yeux,
    S'arrange aussitôt pour le mieux :
En effet, surprenant dans un pas de gavotte
    Le trop joyeux Partout-Rôdant,
    Il l'empoigne par la culotte,
Et le lance à la mer en s'y précipitant.
Télémaque, surpris d'une semblable chûte,
Crut que Mentor voulait qu'il se rompît le cou;
Mais voyant qu'il avait fait aussi la culbute,
    Il le suivit comme un toutou.
En les voyant ainsi s'éloigner à la nage,
Chaque nymphe se mit à crier au voleur;
Calypso dans sa grotte, en rua de fureur,
Et l'amour, en riant, s'envola du rivage.
Cependant Télémaque, en nageant comme il faut,

12

Était déjà bien loin de l'île;
Il disait, éprouvant qu'il n'était plus si chaud :
Mentor n'est pas un imbécile;
A tout ce qu'il m'a dit je commence à voir clair;
Et si jamais il vient à me contraindre
En quelques nouveaux feux, j'irai pour les éteindre,
Avec lui faire encore une culbute en mer.
Dès que Mentor fut près d'atteindre la nacelle
Du vaisseau phénicien qu'il avait aperçu,
Il jeta les hauts cris, et, pour être mieux vu,
Soudain laissant *la coupe*, il fit *la demoiselle*.
Si vous n'avez pitié de nous,
S'écria-t-il, c'est fait de votre vie;
Mais je ne parle point à des cœurs de cailloux,
Qui de nous voir noyer pourraient avoir l'envie;
Sauvez-nous donc, et sur ce bâtiment,
Pour ne point retarder vos pas d'une seconde,
Ici nous faisons le serment
De vous suivre partout, et jusqu'au bout du monde.
Soudain à chacun d'eux présentant un cordeau,
On les hisse, et voilà nos gens sur le vaisseau.
Quand ils eurent changé d'habit et de chemise,
Vous venez d'en voir *une grise*,
Leur dit le commandant, ou je me trompe fort;
Mais, contez-moi d'abord
Comment vous avez fait pour entrer dans cette île
Dont il paraît que vous sortez :
La reine en est, dit-on, pire qu'un crocodile,
Et fait mettre en pâtés

Les voyageurs contraints d'y chercher un asyle,
S'ils ne peuvent s'enfuir comme des ératés.
            Qui vous a fait ce radotage ?
    Lui dit Mentor; il n'est rien d'aussi faux,
        Et le plus grand de ses défauts,
        C'est d'être amoureuse à la rage ;
Mais laissons cette reine, et changeons de propos.
        Un de vos gens vient de me dire
    Que, de ce pas, vous alliez en Epire;
        Rien de mieux, car notre pays,
    L'île d'Ithaque, est presque sur la route :
Si vous y relâchez, nous y boirons la goutte;
        Mais si les vents (car je m'en doute),
Font encor que cela ne nous soit pas permis,
Une fois en Epire avec mon camarade,
Je suis déterminé, pous nous rendre au logis,
        A demander la caristade.
Tandis qu'ainsi Mentor parlait au commandant,
        Ce marin et Partout-Rôdant
    Se reluquaient, comme font d'ordinaire
        Des gens qui jadis s'étant vus,
Voudraient se rappeler en quel coin de la terre
        Ils se sont trouvés ou connus ;
    Mais aussitôt que le Dauphin d'Ithaque
Eut nommé Tyr : parbleu ! vous êtes Télémaque,
Lui dit le commandant, je l'aurais deviné.
        Et moi je veux être damné,
        Lui répliqua le fils d'Ulysse,
    Si votre nom ne finit pas en ace ;

Oui , je vous reconnais , vous êtes Adoam ,
Frère de ce Narbal qui me rendit service ,
    Dans le tems que j'étais à Tyr ,
   En me donnant les moyens d'en sortir ;
     Or dites-moi , je vous en prie ,
Si ce brave homme est mort , ou bien s'il est en vie.
     Vous l'apprendrez dans un moment,
Répondit Adoam ; mais prenez patience :
     J'ai lu dans un cours d'éloquence ,
Qu'il fallait commencer par le commencement.
Sachez donc qu'aux sombres demeures
     Pygmalion est descendu,
     Après avoir comme un goulu,
De la main d'Astarbé , pris *un bouillon d'onze heures.*
Cette indigne femelle ayant vu par hasard
Un Tyrien jeune et riche, appelé Joazard ,
Se coiffa tellement de sa sotte personne,
Qu'elle espéra pouvoir lui donner la couronne,
Et pour y parvenir fit le tiers et le quart :
     La damnable furie,
Prennet de faux témoins , dit au roi soupçonneux
Que l'aîné de ses fils le trouvant par trop vieux,
    Et de régner ayant la frénésie,
     Avait juré par Mahomet,
De venir un beau soir lui couper le sifflet :
     Le roi donc , sans plus de harangue ,
A ce fils innocent fit avaler sa langue.
     Pour le second , nommé Baléazard ,
     De peur qu'un jour il ne pût nuire,

Astarbé prétexta qu'il fallait pour l'instruire,
L'envoyer à Samos, et plutôt que plus tard ;
Mais elle n'en fit rien, et lui dressant un piége,
Pour abréger le tems de ses humanités,
Ce vrai tison d'enfer lui donna pour collége
    La fosse des commodités.
Cependant Astarbé mettait si peu de bornes
    A son amour pour le jeune Tyrien,
Qu'hormis Pygmalion, chacun savait fort bien
      Que ce tyran portait des cornes.
      De son côté le roi cornu
      Se croyait sûr de sa maitresse ;
Et s'il voulait qu'un jour Joazard fût pendu,
C'est que, par avarice, il avait résolu
      D'hériter seul de sa richesse.
Or, voyant qu'il allait le faire tout de bon,
La donzelle poivra tellement son potage,
      Qu'entre la poire et le fromage,
Notre vilain creva comme un vieux mousqueton.
      A peine il avait rendu l'âme,
      Que sans tarder, la bonne dame
    Dans le palais fit entrer son mignon,
Lui remit la couronne et le royal bâton ;
      Mais par malheur pour la princesse,
      Ce petit tour de gentillesse
      Par tant de gens fut réputé
      Crime de leze-majesté,
Que, jusqu'aux perroquets, tout disait à la ronde,
Qu'il fallait envoyer la belle en l'autre monde.

Narbal savait alors, et de fort bonne part ;
            Que le pauvre Baléazard
            N'était point mort dans les latrines ;
Que s'étant avec soin bouché les deux narines,
Il s'en était tiré dispos, frais et gaillard ;
            Et qu'ensuite, dans la Syrie,
Où l'avait, malgré lui, conduit un peu de peur,
            Il avait, pour gagner sa vie,
            Fait le métier de ramoneur.
Ces détails lui venaient de Baléazard même,
Qui, pour ne pas céder sa part du diadême,
Lui mandait, par écrit, de lui marquer le jour
Où, sans crainte, il pourrait reparaître à la cour,
            Et, pour user d'un stratagème
Qui pût, sur cet avis, tromper le plus malin,
De lui faire l'envoi d'une bague de crin.
            Or Narbal, qui, pour son service,
Se serait volontiers fait écorcher tout vif,
            Trouva le moment trop propice,
Pour n'en point profiter et ne pas être actif.
Enfin la bague arrive, et le ramoneur-prince,
Laissant-là sa *raclette* à qui veut s'en servir,
Se débarbouille, et puis, du fond de sa province,
            Ne fait qu'un saut pour arriver à Tyr.
            Bien lui valut, car déjà la canaille,
Qui devait cependant le croire en pension,
            Faisait tirer à la plus courte paille
            Le trône de Pygmalion ;
Mais, dès qu'en arrivant, il se fut fait connaître,

Chacun lui cria : bonjour, maître !
On tira des pétards, on chanta des couplets,
      Et l'on voulut, par la fenêtre,
Faire déménager Astarbé du palais :
      Sur quoi, la dame avec son jean-jaquette,
      En délogea par la porte secrète.
Alors voulant du prince appaiser le courroux,
Elle alla, sur-le-champ, tomber à ses genoux,
Fit la bonne ; et pour mieux arranger son affaire,
      Lui dit que si le roi, son père,
      Avait perdu le goût du pain,
      On savait de quelle manière,
      Et que Narbal était son assassin.
La traîtresse croyait, par cette baliverne,
      Faire accroire à Baléazard
      Qu'une vessie était une lanterne ;
      Mais il était un peu trop tard :
Ce monarque indigné de tant de perfidie,
Ordonna que, sur l'heure, on lui fit son procès ;
Et qu'en attendant mieux, pour prix de ses forfaits,
      On la pendit en effigie.
A ces mots, Astarbé demande un coup de rhum,
      Et tandis qu'un juge équitable
Prononce à haute voix qu'elle est plus que damnable,
      Elle y jette vingt grains d'opium,
Et dit en l'avalant : eh bien ! je vais au diable.
      Depuis que ce monstre est crevé,
      Baléazard vit plus tranquille,
Et son peuple a tant d'or, que l'on voit par la ville

Les écus de cent sous rouler sur le pavé.

C'est Narbal qui, sous lui, gouvernant le royaume,

A pris ce bon moyen, vu que, le plus souvent,

      Tel qui, muni d'or et d'argent,

Se conduit en brave homme, est fripon s'il en chôme.

      Aussi messieurs les procureurs,

      Et tous les gens de la justice,

N'y trouvant plus à pendre de voleurs,

Y font, par habitude et pour leur exercice,

Des procès sur des riens.... comme on en fait ailleurs.

Quand Adoam eut fini cette histoire,

      Avant que de nous mettre à boire,

Lui dit Partout-Rôdant, vous saurez comme quoi,

Lorsque j'eus laissé Tyr, il n'a tenu qu'à moi

      De faire joliment des miennes,

      A Cypre, avec les Cypriennes ;

      Comment, en Crète, on m'avait nommé roi,

      Et de quelle manière,

      Dans mon aventure dernière,

Je suis sorti de l'île, après avoir raté

La main d'une déesse et l'immortalité,

      Pour les beaux yeux de sa lingère.

Là-dessus Télémaque entamant son récit,

Ne cessa de parler, que quand il eut tout dit.

Aussitôt Adoam fit apporter la table :

      On y servit une soupe des dieux,

      Du vin nouveau qui valait encor mieux,

      Du biscuit de mer délectable,

      Des gourganes, un court-bouillon,

                    Du

Des œufs, du lard et du rognon,
Enfin, pour terminer une fête aussi belle,
L'équipage se mit à danser un ballet,
        Et Mentor joua sur la vielle,
        Bon voyage, cher Dumollet.
Le fils d'Ulysse, alors, voyant que le navire
N'était pas encor près d'arriver en Epire,
Parla de cette sorte au frère de Narbal :
A présent, lui dit-il, qu'on a fini le bal,
        Racontez-moi, je vous en prie,
        Votre voyage en *Bétanie,*
Car, si je m'en souviens, vous m'avez dit un jour,
Que vous aviez été jusques-là faire un tour.
Oui, lui dit Adoam; ouvrez donc les oreilles :
Le pays des bétas est rempli de merveilles,
        Dont la première est qu'ils sont tous heureux;
        Croiriez-vous bien que l'or chez eux,
        Est moins prisé que le fer et le cuivre !
Qu'ils narguent la fortune, et que, pour la poursuivre
        (Tant ils ont l'esprit rétréci)
        Ils n'ont pas même un jeu de biribi !
        Là, chacun va garder les vaches,
        N'a rien en propre, ayant tout en commun ;
        Et quant aux chefs, s'il en faut élire un,
C'est toujours le porteur des plus vieilles moustaches.
A les voir affublés d'une paire de draps,
        Qui leur tient lieu de redingote,
        D'habit, de veste et de culotte,
On les prendrait, chez nous, pour de vrais mardis-gras;
        Mais comme ils y sont fort à l'aise,

                                        13

Ils aiment cet accoutrement,
Dont la façon (par parenthèse)
N'est pas coûteuse assurément.
Ce n'est pas tout ; et la finesse
Règne si peu dans ce pays,
Que les femmes ont la simplesse
De n'y point tromper leurs maris......
Halte-là ! reprit Télémaque ;
Si cela n'est point faux, je prétends, de ce pas,
A tous les gens d'esprit du royaume d'Ithaque
Aller apprendre à faire les *bêtas*.

FIN DU CHANT QUATRIÈME.

SOMMAIRE DU CHANT CINQUIÈME.

Vénus, toujours irritée contre Télémaque, en demande la perte à Jupiter ; mais les destinées ne permettant pas qu'il périsse, la déesse va concerter avec Neptune les moyens de l'éloigner au moins d'Ithaque, où Adoam le conduisait. Ils emploient une divinité trompeuse pour surprendre le pilote Athamas, qui croyant arriver en Ithaque, entre à pleines voiles dans le port des Salentins. Leur roi Idoménée reçoit Télémaque dans sa nouvelle ville, où il préparait actuellement un sacrifice à Jupiter pour le succès d'une guerre contre les Manduriens. Le sacrificateur, consultant les entrailles des victimes, fait tout espérer à Idoménée, et lui fait entendre qu'il devra son bonheur à ses deux nouveaux hôtes. Idoménée informe Mentor du sujet de la guerre contre les Manduriens. Il lui raconte que ces peuples lui avaient cédé la côte de l'Hespérie où il a fondé sa ville ; qu'après une infraction d'un traité, faite par ceux des siens qui l'ignoraient, ces peuples se préparaient à lui faire la guerre. Pendant ce récit d'Idoménée, les Manduriens, qui s'étaient hâtés de prendre les armes, se présentent aux portes de Salente. Nestor, Philoctète et Phalante, qu'Idoménée croyait neutres, sont contre lui dans l'armée des Manduriens. Mentor sort de Salente, et va seul proposer aux ennemis des conditions de paix. Télémaque voulant savoir ce qui se passe entre Mentor et les alliés, se fait ouvrir les portes de Salente, et va joindre Mentor. Sa présence contribue, auprès des alliés, à leur faire accepter les conditions de paix que celui-ci leur proposait. Idoménée, que Mentor fait venir de la ville dans l'armée, accepte tout ce qui a été arrêté. On se donne réciproquement des otages ; on fait un sacrifice commun entre la ville et le camp, pour la confirmation de cette alliance, et les rois entrent comme amis dans Salente. Mentor, au nom des alliés, demande

du secours à Idoménée contre les Dauniens , leurs ennemis.
Mentor , qui veut policer la ville de Salente , et exercer le
peuple à l'agriculture , fait en sorte qu'ils se contentent d'avoir
Télémaque à la tête de cent nobles Crétois. Après le départ
de celui-ci , Mentor fait une revue exacte dans la ville et dans
le port, s'informe de tout , fait faire à Idoménée de nouveaux
réglemens pour le commerce et pour la police , lui fait partager
en sept classes le peuple , dont il distingue les rangs et la
naissance par la diversité des habits : lui fait retrancher le luxe
et les arts inutiles, pour appliquer les artisans au labourage ,
qu'il met en honneur. Idoménée raconte à mentor sa confiance
en Protésilas , et les artifices de ce favori, qui était de concert
avec Timocrate pour faire périr Philoclès, et pour le trahir lui-
même ; il lui avoue que , prévenu par ces deux hommes contre
Philoclès, il avait chargé Timocrate de l'aller tuer dans une
expédition où il commandait sa flotte ; que celui-ci ayant man-
qué son coup, Philoclès l'avait épargné , et s'était retiré en
l'île de Samos, après avoir remis le commandement de la flotte
à Polymène , que lui Idoménée avait nommé dans son ordre
par écrit ; que malgré la trahison de Protésilas , il n'avait pu
se résoudre à se défaire de lui. Mentor oblige Idoménée à faire
conduire Protésilas et Timocrate en l'île de Samos , et a rappeler Philoclès , pour le remettre en honneur auprès de lui.
Hégésippe, qui est chargé de cet ordre , l'exécute avec joie :
il arrive avec ces deux hommes à Samos , où il revoit son ami
Philoclès, content d'y mener une vie pauvre et solitaire. Celui-
ci ne consent qu'avec beaucoup de peine à retourner parmi les
siens ; mais après avoir reconnu que les Dieux le veulent , il
s'embarque avec Hégésippe , et arrive à Salente , où Idoménée,
qui n'est plus le même homme , le reçoit avec amitié.

CHANT CINQUIÈME.

Pendant que Télémaque, enchanté du bon homme,
Babillait avec lui, sans penser qu'au hamac,
Il était, à minuit, tems d'aller faire un somme,
Un certain farfadet, qu'esprit follet on nomme,
Sur le vaisseau marchand vint causer du micmac;
      Si bien qu'Athamas, le pilote,
Qui d'Ithaque pourtant connaissait le chemin,
Perdant, à le chercher, la tête et son latin,
Aurait pris, cette fois, ses gants pour sa culotte.
Le fait est que Neptune avait un pied de nez
De savoir Télémaque échappé du naufrage;
      Il était boursouflé de rage,
Et jurait à lui seul plus que quatre damnés.
Mais ce qu'il fallait voir, c'était la frénésie
      Qui changea Vénus en furie,
Quand on lui raconta que le jeune héros
      (Voyez un peu la calomnie !)
A sa chère Eucharis voulant montrer son dos,
Avait fait, pour la fuir, un plongeon dans les flots.
      Dans les transports de sa colère,
Elle quitta Paphos, Idalie et Cythère,
Et tout droit vers l'Olympe en pleurant s'envola,

Pour y porter encor sa plainte à son papa.
　　　Comme il faisait un peu de pluie,
Jupiter n'était pas sorti de son palais,
　　　Et les dieux, en cabriolets,
　　Etaient venus lui tenir compagnie.
　　　C'est de ce lieu que l'Univers
　　　Parait un petit tas de boue;
Que, pour un filet d'eau, vous prendriez les mers,
Et ces volcans affreux qui font trembler les airs,
　　　Pour un pétard que l'on secoue;
C'est de là que Jupin, même au milieu des nuits,
Avec ses yeux de chat verrait le fond d'un puits;
Qu'il sait, tant il est fin, deviner une femme,
Son arrière-pensée et ce qu'elle a dans l'âme.
Quand il rit, tout va bien, tout rit dans l'univers;
　　　Mais si, par aventure,
En plaçant sa perruque, il la met de travers,
　　　Le monde est en déconfiture,
　　　Et le ciel à l'envers.
Ce jour-là donc, les dieux étaient en sa présence,
Quand Vénus vint aussi faire sa révérence:
　　　Jupin lui fit un bon accueil;
Et comme la rusée avait la larme à l'œil,
　　Il l'embrassa, consentit à l'entendre,
　　　La fit asseoir sur ses genoux,
　　Et lui chanta: *De quoi vous plaignez-vous?*
　　　Sur l'air de *Jean-Gille*, mon gendre.
O puissant Jupiter! père archi-paternel,
　　　Maternel et sempiternel!
Pourrez-vous, dit Vénus, ignorer quelque chose.

De ma migraine et de ce qui la cause ?
    Minerve, avec son air sournois,
Non contente d'avoir, dans leurs maisons de bois,
Fait griller les Troyens par le cruel Ulysse,
Prête encore à son fils une main protectrice.
      C'est elle qui lui boucha l'œil
      A Cypre, au temple des *bamboches*,
      Et le força par ses reproches,
      A s'enfuir comme un écureuil.
Hélas ! sur les plaisirs que l'on goûte en mon île,
Télémaque eût, sans elle, été moins difficile.
      En vain, bouleversant la mer,
Neptune a, par les vents, fait briser son navire,
      Mieux eût valu cracher en l'air :
Quels que soient ses dangers, Minerve l'en retire ;
Calypso, de fureur, s'arrache le toupet,
Ses nymphes sont aux champs, l'amour est en déroute ;
      Et me voilà, sans qu'on en doute,
      La fable de ce marmouset.
      Quoique des dieux je sois le maître,
Répondit Jupiter, cela ne prouve rien ;
      Le sort fait tout, et l'on sait bien,
Qu'en dépit de mon aigle, il peut m'envoyer paître.
Or, ce démon de sort, malgré votre courroux,
A placé Télémaque à l'abri de vos coups ;
Consolez-vous pourtant, ma charmante mignonne :
    Si je ne puis l'envoyer chez Pluton,
Tant qu'il sera conduit par Minerve en personne,
Je le ferai trotter comme un joli garçon,
Si bien qu'il passera la moitié de sa vie

A chercher le chemin qui mène à sa patrie.
Grand merci, dit Vénus, et la voilà partant
Pour aller aussitôt annoncer à Neptune,
    Que Jupiter, partageant leur rancune,
Fera de Télémaque un petit Juif-errant.
Neptune, qui déjà connaisssit cette affaire,
Lui dit : je le savais ; or, voici, pour vous plaire,
      Ce que je prétends faire aussi :
Puisqu'il ne s'agit plus de noyer Télémaque,
Je vais escamoter le royaume d'Ithaque ;
J'ensorcèle Athamas, quoiqu'il soit mon ami ;
Et pour mieux dérouter le fils du grand Ulysse,
Le vaisseau sur lequel il se trouve endormi,
      Va marcher comme une écrévisse.
      Vénus trouva le tour si bon,
Que, dans l'enchantement dont elle était ravie
En pensant que Pallas goberait ce poisson,
      Elle fit un saut de mouton,
    Qui la porta jusqu'aux champs d'Idalie.
      Aussitôt dit, aussitôt fait :
      Le dieu des mers, vers le pilote
      Dépêcha vite un farfadet,
Qui soudain le grisa sans qu'il eût fait ribotte ;
De sorte qu'Athamas en regardant les cieux,
      Vit, par l'effet d'une berlue,
      S'opérer bientôt à ses yeux,
Comme au *grand-opéra*, des changemens à vue :
      La lune allait à reculons,
Et chaque étoile fixe, alors en débandade,
      Dansait des pas de rigodons

                       Avec

Avec sa camarade.
Une terre postiche offerte à ses regards,
Lui représente Ithaque, il croit voir ses remparts;
Plus il pense avancer, plus son vaisseau recule;
        Et cette image ridicule,
        Qu'il croit poursuivre, et qui le suit,
        Pendant le reste de la nuit,
    Donne le change à son œil trop crédule.
    Le lendemain, dès que le coq chanta,
    Croyant toujours apercevoir Ithaque:
            La voici! la voilà!
        S'écria-t-il, ô Télémaque!
Dans une heure, au plus tard, vous verrez le papa.
À ces mots Télémaque accourant en chemise,
        Ouvre les yeux, et voyant bien
        Que ce pays n'est pas le sien:
        Que la fièvre te frise!
Lui dit-il; où vois-tu, pilote de six liards,
Que d'Ithaque, à présent, ce soient là les remparts?
Me prends-tu pour avoir mes deux yeux dans ma poche?
Athamas, dégrisé par un pareil reproche,
        Vit soudain qu'il avait mal vu;
        Et qu'un lutin, plus espiègle que treute,
        L'ayant grisé sans qu'il eût bu,
    L'avait conduit sous les murs de Salente,
Où, chassé de la Crète ainsi qu'un garnement,
        Le fugitif Idoménée
        S'était, depuis près d'une année,
Fait un peuple tout neuf, on ne sait trop comment.
Mentor, qui de Neptune avait su l'artifice,

                                        14

Ne fit qu'en rire, et dit au fils d'Ulysse :
A présent que le vent nous amène en ce port,
Si vous vous désoliez, vous auriez très-grand tort ;
Jupiter, il est vrai, vous en fait voir *de rudes*,
Mais ce dieu n'en veut pas pourtant à votre peau ;
Et vous avez, d'ailleurs, appris dans vos études ;
          Qu'il faut souffrir pour être beau.
Dès qu'on fut arrivé dans le port de Salente,
Télémaque admira cette ville naissante :
Chacun avec ardeur bâtissait sa maison ;
          Et le monarque Idoménée,
          Qui s'était fait maître maçon,
Pour payer le bouquet de chaque cheminée,
          Partageait en quatre un jeton.
          Quand ce grand roi sut que le fils d'Ulysse
Venait lui demander la soupe et le bouilli,
Eh quoi ! s'écria-t-il, le fils de mon ami !
Je n'ai rien ; mais, chez moi, tout est à son service.
          A ces mots, lui tendant la main,
          Il le baisa comme du pain.
O mon fils ! lui dit-il, rien qu'à votre figure,
Sans qu'on vous eût nommé, je vous aurais connu :
Ulysse était tout-comme, avant d'être barbu ;
Voilà ses yeux, son nez, sa bouche et sa tournure....
Mais à propos de nez, dites-moi la raison
          Qui vous amène en ma maison ;
Est-ce pour y chercher votre infortuné père ?
S'il vit, hélas ! j'ignore en quel coin de la terre ;
Pour moi, dans ma folie, avec un tranche-lard,
          J'ai rendu Colinet camard ;

Et voilà ce qui fait que, dès-lors, pour la vie,
    J'ai dit bonsoir à ma patrie.
J'appris, dit Télémaque, en passant par chez vous,
L'histoire de ce nez qui tomba sous vos coups :
Vraiment, c'est un malheur dont il ne faut pas rire ;
Et d'ailleurs, pour cela, je suis trop soucieux,
        Car, s'il faut vous le dire,
    Depuis que je cherche en tous lieux
Mon père, sans avoir de lui nouvelle aucune,
Je commence à penser que les injustes dieux
    Le font voyager dans la lune.
        Comme il parlait encor,
    Idoménée apercevant Mentor,
        Qui, tout-bas, soufflait Télémaque,
Demanda si ce vieux était aussi d'Ithaque.
Dès qu'il apprit son nom : soyez le bien venu,
Lui dit-il, quoi ! c'est vous, cher Mentor, que j'ai vu,
Lorsque j'étais, en Crète, assis au rang suprême,
Manger, de si bon cœur, nos tartes à la crème !
Vive-dieu ! vous avez encor toutes vos dents ;
Et, sinon que vos poils sont devenus plus blancs,
C'est la même fraîcheur, le même air de visage ;
On pourrait vous donner la moitié de votre âge.
        Pas tant de complimens,
Dit Mentor, et parlons à la bonne franquette :
Si vous me trouvez frais, moi je vous dis tout sec,
Qu'à le voir si cassé, votre pauvre squelette
Me paraît à présent tordu comme un i grec ;
Puis craignant que le roi ne prît trop mal la chose,
Je sais que vos malheurs, dit-il, en sont la cause,

Et qu'au reste, aujourd'hui, si vous êtes si laid,
Vous étiez autrefois, bel homme et fort bien fait.
Quand il vit que Mentor savait rendre justice,
Le roi des Salentins l'eût encore écouté;
Mais on vint le chercher pour certain sacrifice
    Que, dès la veille, il avait projeté,
       Pour se rendre Jupin propice
Contre un voisin jaloux de sa prospérité.
Télémaque et Mentor, invités à la fête,
L'accompagnent au temple, où bientôt cent gorets,
    Enrubantés des pieds jusqu'à la tête,
Remplissent de leur sang des milliers de baquets.
Dieux-de-Dieux! s'écria le prêtre Théophane;
Quel prodige! que vois-je écrit dans cette panne!
      O braves Salentins!
Sans ces deux étrangers, dans la guerre entreprise,
Chacun de vous perdait jusques à sa chemise,
Et c'était l'ennemi qui mangeait vos boudins;
J'aperçois un héros!..... la sagesse elle-même!....
A ces mots, il se tut; sa face de carême
S'enflamma tout-à-coup; ses yeux étincelans
      Semblaient vouloir manger les gens;
Ses cheveux se dressaient, sa voix était émue,
    Ses bras, en l'air, restaient sans mouvemens,
       Et, jusqu'aux deux tympans,
      Sa large bouche était fendue.
O roi des Salentins! s'écria-t-il encor,
Quelle paix au-dedans! dehors, quelle victoire!
O jeune compagnon du soi-disant Mentor!
Ulysse, auprès de toi, perd un quart de sa gloire;

Je te vois, Télémaque, à grands coups de chapeau,
    Enfoncer les portes ouvertes ;
D'ennemis morts de peur, les plaines sont couvertes,
Et tu fais, de leurs murs, des murs de Jéricho.
O grande déité ! que son père..... ô jeune homme !
Tu reverras enfin..... alors il fit un somme.
    Que Proserpine, à-tout-jamais,
     Te grille ta langue, et la racle !
S'écria Télémaque ; eh bien ! matou d'oracle,
Que reverrai-je enfin ? sera-ce mon palais
Ou bien mon père ?..... il faut qu'aussitôt je le sache,
     Ou que, sur la moustache,
Je t'applique, à mon gré, le plus beau des soufflets.
Des Dieux, lui dit Mentor, respectez les secrets ;
Rengaînez, croyez-moi, cette sotte harangue,
Et pour manger des choux conservez votre langue :
Sur quoi, baissant le nez, Télémaque aussitôt,
Se dit tout bas : c'est vrai, j'ai parlé comme un sot.
Idoménée alors raconta son histoire,
    Qui n'était pas trop à sa gloire ;
Mais aussi qui pouvait, par la même raison,
Offrir à Télémaque une bonne leçon.
Quand il eut achevé son récit lamentable :
Puisque les Dieux, dit-il, vous envoient tout exprès,
Pour faire à mon voisin la barbe de fort près ;
Dès qu'il sera rasé, dès que ce misérable
Verra que ses projets par vous sont confondus,
Je vous ferai donner deux congés absolus.
Eh bien ! que tardons-nous, répondit Télémaque !
Prouvons à ce voisin qu'il vaut moins qu'une claque,

Marchons........ laissons partir le vaisseau phénicien :
S'il en faut un, Mentor les fait vite et fort bien.
　　　　Je suis bien aise, ô fils d'Ulysse !
　　　　Lui dit Mentor en souriant,
　　De vous voir montrer à présent
　　　　Autant de goût pour le service ;
　　　　Mais souvenez-vous, pour toujours,
Qu'Ulysse, dont le nom est fameux dans l'histoire,
Ne s'acquit, devant Troie, une si grande gloire,
　　　　Qu'en y faisant la patte de velours.
L'invulnérable Achille, avec sa *crânerie*
　　　　Et ses grands airs de fanfaron,
　　　　Finit par y perdre une vie
　　　　Qui ne tenait qu'à son talon,
Tandis que votre père, aussi prudent que sage,
Dans les murs de Priam, introduit sans tapage,
Et d'un cheval de bois sortant avec les siens,
Embrâsa tellement les maisons des Troyens,
Que tout y fut grillé jusqu'au dernier étage.
Or, avant que de faire ici les rodomonts,
Commençons par savoir pourquoi nous nous battons,
Si le voisin a tort, et quelle est notre force,
Pour pouvoir contre lui brûler plus d'une amorce.....
Quand nous vînmes ici, dit le roi salentin,
Nous trouvâmes des gens dont l'unique butin
　　　　Était le produit de leur chasse ;
A notre aspect, la peur leur fit quitter la place,
Et nous fûmes bientôt seuls maîtres du terrain.
Hélas ! j'aurais régné dans une paix profonde,
　　　　Si quelques-uns des miens,

Ignorant mes traités avec ces Manduriens,
N'en eussent dépêché plusieurs pour l'autre monde ;
    En les pendant comme des chiens.
Voilà, mes chers amis, d'où provient la rupture ;
Et comme ils ont juré de venger cette injure,
      En appelant à leur secours
      Des troupes étrangères,
Qui veulent avec eux nous tailler des croupières ;
L'espoir de les calmer m'est ravi pour toujours.
Des canons ! des canons ! s'écria Télémaque ;
Contre eux, nom d'une bombe ! il faut que je les braque...
Vous ne braquerez rien, lui répondit Mentor ;
    C'est moi qui vous le certifie.....
    Ah ! si, du moins, j'eusse eu pour moi Nestor,
Dit le roi, je rirais de leur vaine furie.......
Eh quoi ! ce vieux barbon serait dans l'Hespérie !
Reprit Mentor ; comment n'est-il point avec vous ?
Hélas ! lui repartit le triste Idoménée,
Je ne sais ; mais il faut que quelque âme damnée
Nous ait peints à ses yeux comme des sapajous.
Il suffit, dit Mentor : je vais, dans cette affaire,
    Vous servir de parlementaire.
A peine il a parlé, qu'aussitôt mille cris
Font entendre, à la fois : voici les ennemis !
Soudain il fait ouvrir les portes de Salente,
Et tenant à la main un rameau d'olivier,
Il s'avance à grands pas, puis, d'une voix tonnante :
Messieurs les ennemis, se met-il à crier,
Vous qui venez ici pour nous faire la guerre,
    En vous mettant douze contre un,

Je vois là votre amour pour l'intérêt commun,
Et vous en fais, tout haut, mon compliment sincère;
Mais comme j'ai trouvé l'infaillible moyen
D'arranger tout cela sans nous briser les côtes,
Souffrez, puisqu'il ne tend qu'à réparer les fautes,
Qu'on vous en dise un mot, avant de tenter rien.
O vous! que j'aperçois à cheval sur un âne,
Nestor, qui, sans raison, ne faites pas le *crâne*,
Qui mieux que vous connaît les dangers des combats
      Et leurs funestes suites?
Si l'on ne s'y battait qu'à coups de pommes cuites,
Passe encor; mais, pour Dieu! pourquoi casser des bras?
Voyez les maux qu'à Troie a su causer la guerre:
Tous les rois de la Grèce, il est vrai, sont vainqueurs;
Mais, comme Hector, Achille a mordu la poussière.
Quelques-uns, poursuivis par les plus grands malheurs,
Ne trouvant rien chez eux, y sont morts de misère;
D'autres se sont noyés, d'autres se sont perdus;
Et vous-mêmes, ô Grecs! qui peuplez l'Hespérie,
N'est-ce pas en sortant de cette boucherie
     Où les Troyens furent si bien battus,
Que, poussés par les vents loin de votre patrie,
Sur ces bords étrangers vous êtes descendus?
Voyez, après dix ans de combats et de peine,
      Quel est le fruit de vos succès!
N'eût-il pas mieux valu qu'avec sa belle Hélène,
On eût laissé Pâris faire l'amour en paix?
Craignez donc qu'aujourd'hui le ciel ne vous punisse
      De vouloir guerroyer encor;
      O Grecs! et vous, sage Nestor,
               Videz-

Videz-nous le plancher, et que Dieu vous bénisse.
Aussitôt que Nestor, qui le reconnaissait,
    L'entendit parler de la sorte,
      L'histoire nous rapporte
    Qu'il descendit de son baudet;
Et que pour l'aller joindre, en dépit de sa goutte;
    Il marcha même au pas de route.
O Mentor! lui dit-il, quand il l'eut embrassé,
Que nous avons vieilli depuis le tems passé!
Vous étiez un *blanc-bec*, et moi j'étais sans ride,
    Lorsqu'autrefois dans la Phocide,
L'école mutuelle où vous étiez placé,
Vous vit rafler, malgré votre jeunesse,
Et le prix de lecture et le prix de sagesse.
Dites-moi quel bon vent vous amène en ces lieux,
Et pourquoi vous prenez la défense d'un gueux?
Idoménée, en tout, n'est qu'un traite, un parjure,
Qui nous promet toujours, et ne nous tient jamais;
Nous venions l'en punir et brûler sa masure;
Cependant, à cela, pour ramener la paix,
Si vous pouvez donner quelque bonne tournure,
    A la signer, vous nous voyez tout prêts.
    Rien, dit Mentor, ne sera plus facile:
Sachez que Télémaque est ici dans la ville;
En passant par Pylos, il se rendit chez vous;
Et, depuis ce moment, sur la terre et sur l'onde,
    Malgré les vents et les dieux en courroux,
Nous avons fait tous deux presque le tour du monde.
Enfin, pour le salut de plus d'un pauvre dos,
Nous sommes, je le vois, venus fort à propos;

Car c'est lui-même et moi qui de la foi jurée
Répondrons, si jamais la paix est assurée.
        Pendant qu'ainsi Mentor
Raisonnait en prisant avec le vieux Nestor,
Les Crétois renfermés dans les murs de Salente,
      Les regardaient par mainte fente ;
Télémaque et le roi les lorgnaient de leurs tours,
      Et les ligués, les trouvant drôles,
      Pour mieux entendre leurs discours,
      Se grimpaient tous sur les épaules.
Télémaque, pensant qu'un traité s'est conclu,
Et qu'en signe de paix, leurs nombreuses cohortes
      S'amusent au *cheval-fondu*,
Tout en criant : j'en suis ! se fait ouvrir les portes.
Il s'élance, et soudain, courant droit à Nestor,
Il se jette à son cou, le renverse en arrière,
Chancelle, et s'accrochant au collet de Mentor,
Il l'entraîne en disant : nous serons trois par terre.
Eh bien ! autant vaut-il être assis que de bout,
Dit Mentor, qui savait tirer parti de tout ;
    Mais, poursuit-il, en parlant au vieux sage,
        Puisque pour ce beau coup,
Télémaque, sans ordre, est sorti de sa cage,
Ne pouvant vous donner un garant plus certain
    De la fidélité du prince salentin,
Je livre ce jeune-homme en qualité d'otage ;
Or, que faut-il de plus, après un pareil gage,
Qui semble s'être ici présenté tout exprès,
Sinon que de signer un bon traité de paix ?
A ce mot, l'ennemi, qui venait à Salente

Pour la piller et renverser ses tours,
Ne voulant point souffrir qu'on trompât son attente,
 Siflla Mentor et son discours.
Il disait que les Grecs, entrés dans l'alliance,
Avec Idoménée étaient d'intelligence;
Et Mentor, qui voulait augmenter ce soupçon,
 Se gardait bien de leur dire que non.
  Vous êtes le plus fin des merles,
 Lui dit alors le chef des Manduriens;
Mais, bon homme, apprenez que ni moi ni les miens,
Ne serons pas venus pour enfiler des perles.
 Cette réponse animant les soldats,
Ils étaient sur le point de voler aux combats,
Quand Mentor se levant, conçut la bonne idée
De leur lâcher ainsi la dernière bordée.
  Si je n'avais à vous offrir
  Que de l'onguent *miton-mitaine* ,
  Leur dit-il, je conçois sans peine,
  Que vous auriez raison d'agir
Contre un peuple de qui vous avez à vous plaindre,
Et qui de l'attaquer, même, a pu vous contraindre;
Mais, de grâce, écoutez, pour arranger ceci,
Ce qu'au nom de son roi, je vous propose ici.
O Manduriens! je sais ce qui vous porte ombrage:
Vous craignez que les forts que Salente a bâtis,
Ne puissent nous livrer un facile passage,
Pour vous aller, un soir, couper les abatis;
Eh bien! nous consentons qu'avec sa hallebarde,
Un neutre y soit placé pour y monter la garde.
Philoctète et Nestor! vous qui, quoique nés Grecs,

Avec nos ennemis faites cause commune ;
      Vous ne pouvez être suspects
A ceux dont vous avez partagé la rancune ;
C'est donc vous que je veux, dans cette occasion,
A ce poste important poser en faction.
Vous direz que cela vous paraîtrait superbe,
Si l'on pouvait compter que le roi salentin,
      Sous le pied, dès demain matin,
      Ne voudra pas vous couper l'herbe ;
      Mais j'en reviens à mon refrain :
Jusqu'à ce qu'en dépôt vous ayez le passage,
Télémaque, Messieurs, vous suivra comme otage.
Ainsi, quand vous serez les gardiens de ces forts,
Qui vous livrent sans cesse à des frayeurs extrêmes,
      Maîtres dedans, maîtres dehors,
Si vous vous défiez, sera-ce de vous-mêmes ?
Ah ! si vous désirez sincèrement la paix,
C'est le cas, ventre-bleu ! de la faire, ou jamais.
      Ne croyez pas qu'Idoménée,
En agissant ainsi, soit guidé par la peur :
Malgré ses torts, je sais qu'il a l'âme bien née,
Qu'il a de la bravoure autant qu'un roi de cœur,
Que ses canons sont prêts, et que mille gargousses,
Si d'avancer d'un pas vous aviez le malheur,
Vous prouveraient bientôt qu'il ne met pas les pouces.
En achevant ces mots, Mentor, d'un air altier,
Fit voir aux ennemis son rameau d'olivier :
      Ce fut pour eux un coup de foudre ;
Les Manduriens, naguère, aussi vifs que la poudre,
Devinrent aussitôt plus doux que des moutons ;

Les troupes de Lacédémone ,
Que Phalante , leur chef , commandait en personne,
Laissèrent tomber leurs bâtons ;
Philoctète et les siens pleuraient à chaudes larmes ;
Et Nestor , qui déjà croyait voir les boulets,
Criait , avec tous ses gendarmes ,
La paix ! la paix !
Alors , pour profiter du moment d'épouvante ,
Mentor, qui n'était point un fou,
Courut vers le roi de Salente ,
Pour le déterminer à sortir de son trou......
Quoique le vieux Nestor, relevé de sa chûte ,
Sentit qu'au postérieur il s'était fait du mal :
Puisque nous avons fait , tous les deux , la culbute,
Dit-il à Télémaque , allons , ça m'est égal ;
Et pendant que je vais me frotter le derrière ,
Nous causerons un peu de monsieur votre père.
Au récit des guignons du roi des Ithaciens ,
Phalante , dont le cœur passait pour une enclume,
S'attendrit, contre sa coutume ;
Et Télémaque allait , pour raconter les siens ,
Repasser le journal de sa longue tournée ,
Quand Mentor reparut avec Idoménée.
L'aspect de ce dernier, courrouçant les soldats ,
Leur fit pousser de nouveaux cris de guerre ;
Mais Mentor, pour les faire taire ,
Les pria de crier plus bas.
Nous avons , leur dit-il , bien autre chose à faire ,
Que de parler en fiers-à-bras !
Ce n'est plus pour venger ou défendre une injure

Que nous sommes ici, c'est pour faire la paix ;
Or, comme Idoménée arrive tout exprès,
     Que tardons-nous à la conclure ?
Jupiter, le vengeur, en sera le témoin ;
Et si quelqu'un de nous rompait cette alliance,
     Qu'aussitôt pour sa récompense,
Il lui rende le nez aussi gros que mon poing ;
     Qu'il ait sans cesse après ses jambes
     Tous les doguins de Saint-Malo ;
Que dans son verre, enfin, le vin se change en eau,
Et qu'en jouant le *terne*, il ait toujours des *ambes*.....
     Mais, plutôt, que ce beau traité,
Pour l'enfreindre jamais ne trouvant par une âme,
     Ait autant de solidité
     Qu'en ont les tours de Notre-Dame.
Il dit, et tous les rois, vers lui les bras tendus,
Jurèrent leurs grands dieux, qu'ils ne se battraient plus.
De l'une et l'autre part, on donna douze otages,
Y compris Télémaque avec tous ses bagages.
Bientôt, sur un autel parsemé de pourpier,
On immola cent bœufs, blancs comme du papier ;
Et les soldats, calmés par le jus de la treille,
     Qu'on leur apportai: à pleins brocs,
     Chantaient, en essuyant leurs crocs,
     Vive celui qui remplit la bouteille !
Quand Mentor leur eut fait un fort joli sermon,
     Sur la paix et sur la concorde,
Le vieux Nestor lui dit : vous avez bien raison ;
Mais quel traité conclure avec un vrai larron,
     Un homme de sac et de corde ?.....

Je parle, ici, d'Adraste, un certain roi daunien,
Qui vraiment ne vaut pas les quatre fers d'un chien :
Il se moque des dieux, nous traite de bouts d'hommes,
Et ce brave à trois poils, vient pour nous échiner.....
Eh bien donc! dit Mentor : au point où nous en sommes,
    Voilà le gueux qu'il faut exterminer.
A ces mots, invités par le roi de Salente
      A venir se coucher sans bruit,
     Les chefs, dans la ville naissante,
      Entrèrent en bonnet de nuit,
  Et le soldat s'étendit sous la tente.
    Le lendemain, dès qu'on eut décampé,
Et qu'avec cent Crétois, l'officier Télémaque
      Fut aussi parti pour l'attaque,
Mentor dans le pays voulant être occupé,
Dit au roi : visitons les quartiers de la ville,
Comptons les habitans ; et, comme il est facile
     De faire cette addition,
    Dont le total n'ira pas jusqu'à mille,
Je dresserai l'état de population.
Sachons combien le sol, en récolte ordinaire,
Rapporte de chardons et de pommes de terre ;
Sachons, aussi, combien vos ports ont de vaisseaux,
Combien de bateaux plats, combien de matelots :
C'est par là qu'on peut voir ce qu'il vous reste à faire.
Chaque navire alors par lui fut visité,
     Depuis le pont jusqu'à la cale ;
Il ouvrit les ballots, inspecta chaque malle,
Et, sur son agenda, quand il eut tout noté,
     Il ordonna que la douane

Fit aux marchands trompeurs donner cent coups de canne :
Ce qui , dans peu de jours , eut un si grand succès ,
Qu'ils furent braves gens , ou , du moins , à peu près.
   Aussi les peuples vers Salente ,
Pour voir ce phénomène , accouraient-ils par trente ,
Et sans rien acheter n'en partaient-ils jamais.
Dans la ville , Mentor visita les boutiques,
Les magasins de luxe et les places publiques ;
Prohiba les bijoux , les rubans , le satin ,
La poudre , la pommade , ainsi que la dentelle ,
La marchandise anglaise et la riche vaisselle ;
Et voulut qu'à Salente , on mangeât dans l'étain.
Il fit jeter à bas la moitié de la ville ,
   Pour mettre au niveau les maisons,
   Disant au roi , pour ses raisons ,
   Qu'il n'avait qu'à rester tranquille.
   Il fit huit parts des habitans ,
   D'après leurs métiers ou leurs places ,
   Et pour chacune de ces classes ,
   Il commanda des habits différens.
La première endossa la casaque de Gille ;
La seconde eut l'habit qu'on donne aux *enfans-bleus ;*
  En *diables-verts* la troisième eut ses preux ;
  La quatrième , en cela fort docile ,
Passa l'habillement couleur de jaunes d'œufs ;
A la cinquième échut le domino cerise ;
La sixième , à son tour , fut mise en capucin ;
La septième enfila le gilet d'arlequin ;
Et pour que la dernière eût plus que sa chemise ,
Sans , pourtant , qu'elle pût trancher du grand seigneur ,
           Mentor

Mentor lui fit donner l'habit de ramoneur.
Puis, voyant que le peuple aimait trop la cuisine,
Et que la sauce était contraire à sa poitrine,
Avec Idoménée il le mit au pain sec,
   Faisant comprendre à ce roi grec,
   Qu'ils en auraient meilleure mine.
L'exemple, à ce qu'on dit, fait tout, et je le crois;
Car bientôt les sujets n'ayant plus aucun doute
Que leur monarque aussi ne s'en tînt à la croûte,
Chacun croquait la sienne en se léchant les doigts.
Enfin, voulant aussi réformer la musique,
A laquelle on prenait un peu trop de plaisir,
   Il n'eut besoin, pour réussir,
Que de mettre de l'eau dans la liqueur bachique:
Ce qui fit qu'en effet, chaque ménétrier,
De dépit, aussitôt laissa là son métier.
Eh mais! que ferons-nous, dit le roi de Salente,
   De tant de gens sur le pavé?
S'il leur faut de l'ouvrage, en voici de trouvé,
Dit Mentor : la campagne est partout languissante;
Eh bien! qu'un bon décret, fait et signé par vous,
Ordonne à ces gens-là d'aller planter des choux.
  Sangodémi! voilà, reprit Idoménée,
Ce que j'aurais cherché pendant plus d'une année;
Mais vous trouvez, soudain, cheville à tous les trous:
Taillez donc, et rognez comme à votre ordinaire,
Et chargez-vous de tout.... le reste est mon affaire.
   Bientôt, dans la ville et les champs
   Tout alla de fil en aiguille;
  Tout prospérait, et, dans chaque famille,
       16

On voyait pleuvoir les enfans.
Chaque jour, accourant à l'autel d'hyménée,
Les filles de Salente et les jeunes garçons,
   A-qui-mieux-mieux, répétaient des chansons
Dont le refrain était : *vivat Idoménée* !
     Par-là-sang-bleu ! disait le roi,
On me chante, et pourtant, je ne sais trop pourquoi ;
A moins que tout le bien qui dans ces lieux s'opère,
Ne me soit imputé pour l'avoir laissé faire.
     Pour cela passe encor,
    Disait-il ensuite à Mentor,
Et quoiqu'il vous soit dû, j'accepte cet hommage ;
Mais ce qui me débrise, et dont, morbleu ! j'enrage,
C'est que, jusqu'à ce jour, des gueux déterminés,
    Dont j'écoutai les flatteries,
    A force de flagorneries,
    M'ont conduit par le bout du nez :
    Il faut l'avoir vu pour le croire ;
Mais je vais, sur cela, vous conter une histoire.
Quand je n'étais encor qu'un petit polisson,
    Je voulus, pour mon camarade,
Choisir Protésilas, et l'élevant en grade,
   De mes plaisirs j'en fis le compagnon.
    Il était vif comme un poisson ;
Effronté comme un page, et méchant comme un diable ;
Mais, sachant me flatter, il me parut aimable.
Le petit Philoclès me plaisait bien aussi ;
     Mais, comme celui-ci,
Bien loin de m'approuver, trouvait que mes manières
    Méritaient des coups d'étrivières,

Il cessa d'être de mon goût,
Et, quoiqu'en l'estimant, je le fuyais partout.
Sur cette estime là fondant sa jalousie,
Et contre Philoclès animé par l'envie,
    Protésilas, quand je fus nommé roi,
    Me dit, un jour, qu'il savait bien pourquoi
Le rusé se mêlait d'épiloguer ma vie.
Il veut, m'ajouta-t-il, ce beau prédicateur,
Vous faire, ainsi, passer pour indigne du trône,
Et, trompant tous les yeux par sa fausse candeur,
    Escamoter votre couronne.
Comme je refusais de croire à son récit,
Il se tut; mais plus tard, voici comme il s'y prit:
Contre les Carpathiens j'équipais une flotte,
    Rien n'y manquait qu'un amiral.
Il est vrai, me dit-il, que Philoclès radotte,
Et qu'à vous courtiser il s'entend assez mal;
Mais je sais qu'à la cour, s'il fait son bon apôtre,
Pour commander la flotte il vaudrait mieux qu'un autre;
A vos intérêts, Sire, immolant mon humeur,
Vous voyez qu'aujourd'hui je parle en sa faveur.
Je trouvai, de sa part, ce trait si magnifique,
Que, soudain, je lui fis quatre baisers sur l'œil;
Hélas! au lieu de faire au traître un tel accueil,
J'aurais dû le frotter d'un peu *d'huile à bourrique*;
Mais alors j'étais loin de soupçonner l'écueil :
    Aujourd'hui, tout cela s'explique.
Cependant Philoclès prévit qu'un beau matin,
Protésilas, mettant à profit son absence,
    Ferait tant que son Excellence
    Tomberait en eau de boudin.

Ce seigneur, au contraire, a le cœur sur la main ;
Lui dis-je, et vous avez fait enfin sa conquête ;
Allez donc, et cessez d'avoir martel en tête,
    En me prenant pour un pantin.
A peine Philoclès eut gagné la victoire,
Que de Protésilas redoutant les efforts,
Il revint sur ses pas pour défendre sa gloire ;
Mais ce Protésilas avait le diable au corps :
Pour arrêter sa marche, il me donna l'envie
De lui faire enlever l'île de Carpathie ;
Et, pour que rien ne pût retarder son projet,
A la poste, lui-même, il porta le paquet.
    Notez que, sur ces entrefaites,
Contremandant sans moi l'ordre dont nous parlons,
    Il fit partir des estafettes,
Pour dire à Philoclès, déjà sur ses corvettes,
Qu'il devait, avant tout, les changer en ballons.
Voilà, mon cher, comment, à force de sornettes,
Je vis notre descente aller à reculons.
Ce n'est pas encor là le plus beau de l'affaire ;
    Pour domestique il avait un faussaire,
Appelé Timocrate, et qui le servant bien,
    N'avait pas l'air de le servir en rien.
Ce Timocrate, un jour, me souffla dans l'oreille,
Qu'il avait découvert, par l'effet du hasard,
Certaine trahison à nulle autre pareille,
    Et qu'il venait m'en faire part.
Philoclès, me dit-il, enflé de sa victoire,
Pour son compte aujourd'hui, fait armer vos vaisseaux ;
Si vous n'ordonnez pas qu'on le coupe en morceaux,
    Le traître aura bientôt la gloire

De régner sur les Carpathiens :
Le billet que voici, prouve que des vauriens,
Qu'il a su s'attacher en leur payant à boire,
     Ont juré d'être ses soutiens.
Puis, pour me faire encor mieux gober l'imposture,
Quand il eut sous mes yeux placé ce faux billet,
Il m'y fit remarquer certain chiffre au cachet,
     Comme étant une marque sûre
Que Protésilas même avait le mot du guet.
La chose, ajouta-t-il, est très-facile à croire :
Philoclès doit sa place à ce Protésilas ;
     Ils sont amis, et je vois trop, hélas !
Qu'ils s'entendent tous deux comme larrons en foire.....
O Mentor ! plaignez-moi ; dans quel fâcheux écueil,
Ne donne pas un borgne à qui l'on bouche l'œil !
Soudain, de Philoclès j'ordonnai le supplice ;
Et, dès qu'en ma fureur, j'eus rendu cet arrêt,
Je fis à Timocrate un bel et bon brevet
     D'exécuteur de la haute justice.
Or, comme il s'agissait de pendre un amiral,
     Qui pouvait le trouver fort mal,
Et faire du bourreau comme polichinelle
     Quand il est au bout de l'échelle,
Timocrate gagna deux de ces généraux,
Qui, pour de l'or, mettraient leur pays en lambeaux.
Alors à Philoclès il manda que, pour cause,
     Devant eux seuls, il avait, de ma part,
A lui communiquer en secret quelque chose,
     Qui ne souffrait aucun retard.
Dès qu'il fut introduit, le traître, pour exorde,
Au cou de l'amiral voulut passer la corde ;

Mais il s'y prit si maladroitement,
Que Philoclès, saisissant l'instrument,
L'en rossa sans miséricorde,
Ainsi que les consorts de ce vil garnement.
Cependant, quand il vit les gens de l'équipage
Disposés à leur faire un plus mauvais partage,
Il leur dit : amis ! c'est assez,
Je me contenterai de les avoir rossés.
Puis s'adressant à Timocrate :
Si tu veux conserver ta rate,
Il faut, dit-il, m'apprendre, et sans perdre de tems,
Par quel ordre, en ces lieux, tu viens pendre les gens.
Timocrate, à ce prix, pouvant sauver sa vie,
Soudain lui fait voir son brevet,
Et déclare, de plus, que Protésilas est
Le seul auteur de cette perfidie.
Philoclès, en réponse à tant d'atrocité,
Prit un parti plein de bonté :
De Timocrate il fit proclamer l'innocence,
Disant pour le blanchir et le tirer de là,
Que puisqu'il n'avait point fait dresser de potence,
Il fallait lui passer cela.
Il le renvoya donc en Crète ;
Puis, détachant son épaulette,
Il la remit complaisamment
Entre les mains de Polymène,
Que j'avais désigné pour le commandement,
Après qu'il l'aurait vu pendre au mât de misaine.
Enfin, dès qu'il eut fait sa prière à Minos
(Le patron de la Crète et de tous ses villages)
Il s'embarqua pour l'île de Samos,

Où le pauvre, dit-on, s'est fait marchand d'images.
Eh bien! lui dit Mentor, ces faits étant connus,
Que fîtes-vous enfin de cette âme damnée,
De ce Protésilas ?.... Oh ! dit Idoménée,
J'ordonnai qu'il allât se coucher les pieds nus !.....
Peut-être aurais-je dû le punir d'autre sorte,
L'étrangler, par exemple, ou le mettre à la porte ;
Mais, de mon naturel, je suis si paresseux,
Que je ne crus pouvoir me passer de ce gueux,
      Dont l'adresse et l'intelligence
M'épargnent jusqu'au soin de ma correspondance.
Hélas ! il est l'auteur des fautes que je fis ;
Sans lui, j'aurais filé des jours d'or et de soie ;
Et, lorsqu'à mon retour de la guerre de Troie,
      Je coupai le nez de mon fils,
Ce fut moins, je le sais, pour ce trait de démence,
      Que les Crétois comme un loup m'ont chassé,
      Que pour avoir eu l'imprudence
      De lui laisser, en mon absence,
Gouverner un pays qu'il a bouleversé.
Cependant, sentant bien qu'il n'y pouvait plus vivre,
Dans ma fuite il se vit obligé de me suivre,
Emmenant Timocrate à demi-mort de peur
      D'être pendu, pour s'être fait pendeur :
Or, voilà ce qui fait qu'aujourd'hui ces deux drôles
      Sont retombés sur mes épaules.
      Eh quoi ! lui répliqua Mentor,
Connaissant ces fripons, vous les gardez encor !
Allons, je vois qu'ici, comme à mon ordinaire,
Il faut que je vous donne un conseil salutaire ;

Il faut que vous chassiez ces valets de bourreau,
Qui vous feraient passer pour un roi de carreau;
Qu'avec vous Philoclès rentre aussitôt en .ie,
Et que Protésilas lui cède enfin sa place.

   Puisque cela vous paraît à propos,
Lui dit Idoménée, il faut bien qu'il revienne.
Alors il donna l'ordre à son grand-capitaine,
De prendre, et de conduire en l'île de Samos,

     Protésilas ainsi que Timocrate,
Et de lui ramener, sous quatre jours de date,
L'amiral Philoclès, dût-il être en sabots,

     Sans bas, sans col ou sans cravate.
Hégésippe, enchanté de la commission,
Court chez Protésilas, qu'il trouve en sa maison:

   Celle du roi, quoique riche et jolie,
Auprès d'elle, *sandis!* n'était qu'une écurie.
Les plus grands de l'état, autour de ce seigneur,
Avec art, sur le sien, composaient leur visage,

     Et pour obtenir son suffrage,
A-l'envi s'exerçaient au métier de flatteur.
L'un venait lui chanter qu'au sommet du Parnasse,
Apollon ne pouvait que lui céder sa place;
L'autre, que Jupiter, à son occasion,
Avait fait de son père un autre Amphytrion.
Sans vouloir que ce fût un problème à résoudre,
Un troisième aussi vil, et non moins impudent,

     Soutenait hardiment

     Qu'il avait inventé la poudre;
     Et pour finir son compliment,
     Par un nouveau trait d'impudence,

               Le

Le dépeignait tenant la corne d'abondance.
Le fier Protésilas avalait tout cela ,
       D'une manière à faire entendre
       Qu'il en devait bien plus attendre;
    Quand Hégésippe à lui se présenta ,
       Lui déclarant , de par le Prince,
Qu'il était prisonnier .... Ah ! tant mieux qu'on le pince;
S'écria , tout-à-coup , chacun des courtisans ;
Il le mérite bien ; et tous en même tems ,
       Quittant le ton de flatterie ,
    Par des discours plus ou moins insultans ,
    Chantèrent la palinodie.
Timocrate , à son tour, chez lui fut arrêté ;
Et bientôt ces vauriens , sur un même navire,
Après avoir passé le tems à s'y maudire ,
Arrivèrent au lieu de leur captivité.
Philoclès , qui tenait beaucoup à son commerce ,
Ne vit pas d'un bon œil son rappel à la cour :
Il avait sur le cœur sa dernière traverse ;
Et quoiqu'il fût vainqueur de sa partie adverse ,
      Il redoutait un nouveau tour ;
Mais enfin , Hégésippe insista de manière ,
      Qu'il se rendit à sa prière.
Bref, il revit Salente , où le peuple , sachant
De quoi notre amiral avait été marchand,
Pour faire un jeu de mots , disait qu'il était sage
      Comme une image.

FIN DU CHANT CINQUIÈME.

SOMMAIRE DU CHANT SIXIÈME.

TÉLÉMAQUE, au camp des alliés, gagne l'inclination de
Philoctète, d'abord indisposé contre lui, à cause d'Ulysse son
père. Philoctète lui raconte ses aventures, où il fait entrer les
particularités de la mort d'Hercule, causée par la tunique empoi-
sonnée que le centaure Nessus avait donnée à Déjanire : il lui
explique comment il obtint de ce héros ses flèches fatales, sans
lesquelles la ville de Troie ne pouvait être prise ; comment il
fut puni d'avoir trahi son secret, par tous les maux qu'il souffrit
dans l'ile de Lemnos, et comment Ulysse se servit de Néoptolème pour l'engager à aller au siége de Troie, où il fut guéri
de sa blessure par le fils d'Esculape. Télémaque entre en diffé-
rend avec Phalante, pour des prisonniers qu'ils se disputent : il
combat et vainc Hippias, qui, méprisant sa jeunesse, enlevait
ces prisonniers pour son frère Phalante. Mais étant peu content
de sa victoire, il gémit en secret de sa témérité et de sa faute,
qu'il voudrait réparer. Au même tems, Adraste, roi des Dauniens,
étant informé que les rois alliés ne songent qu'à pacifier le diffé-
rend de Télémaque et d'Hippias, va les attaquer à l'improviste. Il
met d'abord le feu à leur camp, commence l'attaque par le quar-
tier de Phalante, tue son frère Hippias, et Phalante lui-même est
tout percé de ses coups.

~~~~~~

CHANT SIXIÈME.

———

CEPENDANT Télémaque , exerçant sa valeur,
Au camp des alliés , faisait bonne figure ;
   Et , sur le champ d'honneur ,
Taillait aux ennemis *des habits sans couture.*
En partant de Salente , il avait , à propos ,
Cherché tous les moyens de plaire aux capitaines ;
Pour Nestor , qui jadis , l'avait vu dans Pylos ,
Il l'eût mis dans sa poche ; et le jour des étrennes ,
  Il lui donna , pour se régler sur eux ,
  Richard-sans-peur et *Rolland-furieux.*
Philoctète , le seul qui lui cherchât querelle ,
Parce qu'avec Ulysse il n'était pas cousin ,
Le trouva , cependant , si bon diable à la fin ,
Qu'il le fit avec lui manger à sa gamelle.
   Un beau jour, que Partout-Rodant
  Lui demandait pourquoi contre son père
   Il avait toujours une dent ,
Philoctète lui dit que , pour le satisfaire ,
Il lui raconterait volontiers cette affaire ;
Mais que ne voulant pas avoir fini trop tôt ,
Il fallait qu'il reprît l'histoire de plus haut,
   Jamais Hercule , en sa furie ,

N'écrasa, lui dit-il, une mouche endormie,
     Sans que j'en fusse le témoin ;
Je le suivis partout, quoiqu'il allât fort loin ;
Et lorsque d'Augias il lava l'écurie,
Pour le voir balayer, j'étais là dans un coin.
Hélas ! un fol amour causa son infortune,
     Et la mienne par contre-coup :
Ce héros, qui n'avait laissé vivre aucun loup,
Tour-à-tour fut vaincu par la blonde et la brune.
Je le vis près d'Omphale, une quenouille en main,
Oublier qu'il était l'appui du genre humain ;
     Puis, indigné d'un semblable délire,
Reprendre sa massue, épouser Déjanire ;
Mais d'Iole, bientôt, devenant amoureux,
Sur le front de sa femme en vouloir planter deux....
Déjanire, voyant qu'il s'agissait de cornes,
A ce nouvel amour voulut mettre des bornes :
Elle se rappela que Nessus, en mourant
     Percé par les flèches d'Hercule,
Avait, entre ses mains, remis, comme un présent
     Qui devait rendre nulle
La flamme du héros, s'il était inconstant,
Sa dernière chemise encor teinte de sang.
Elle ignorait alors toute la perfidie
Du centaure Nessus ; et n'aurait, de sa vie,
     Pu deviner qu'à ce sang odieux,
Fût mêlé le poison qui fait crever les dieux :
Car le trait qui frappa cet être subalterne,
     Se trouvait un de ceux
     Qu'avait rougis l'hydre de Lerne,

Animal archi-venimeux.

Hercule ayant reçu la fatale chemise,
La passa; mais à-peine elle eut touché son dos,
    Qu'il sentit une crise
À lui faire crier qu'il se grillait les os ;
Or, comme la douleur que lui causait ce linge,
Le faisait, malgré lui, grimacer comme un singe,
Son postillon Lichas, qui l'avait apporté
(Sans avoir, pour cela, non plus que Déjanire,
Éprouvé cependant un seul point de côté)
Crut qu'il faisait Pierrot, et s'avisa de rire.
    Hélas ! il fut puni de sa témérité :
Soudain, le grand Alcide, en jurant comme un diantre,
Que l'insolent Lichas allait la payer cher,
    Le saisit par la peau du ventre ;
    Et le faisant tourner en l'air ,
Pour le changer en roc, le lança dans la mer.
    Après cette métamorphose,
    Je pensai que, pour cause,
Le parti le plus sûr était de m'éloigner,
Et, derrière un buisson, je me mis à lorgner.
De là, je vis Hercule, adossé contre un chêne,
D'un seul coup de talon, le renverser sans peine,
Tandis que, redoublant maint effort superflu,
Pour décoller trois poils de l'infernal tissu,
Il s'en arrachait dix, les uns après les autres.
O dieux ! s'écriait-il , quels desseins sont les vôtres ?
Ne serais-je plus bon qu'à mettre sur le gril ?
    Eh bien donc ! va comme il est dit.
Alors il m'appela : viens voir, ô Philoctète !

Me dit-il, où l'amour peut te mener demain ;
Ne crains plus maintenant de quitter ta cachette :
Il est vrai que Lichas est tombé sous ma main ;
    Mais, c'est de quoi j'ai le plus grand chagrin ;
Et si, pour avoir fait mon épouse cornette,
Aujourd'hui contre moi le ciel est irrité,
J'en conviens franchement, je l'ai bien mérité.
A peine ce héros m'eut-il vu reparaître,
Qu'il me cria : l'ami, pour la dernière fois,
Tu vas être témoin d'un nouveau coup de maître :
Aussitôt devant lui promenant ses dix doigts,
Il fait tomber trois pins, deux peupliers, un hêtre,
Les entasse lui-même en forme de bûcher,
Monte dessus, et dit avant de s'y coucher :
C'est sur ce tas de bois, qu'au milieu de la flamme,
    Pour en finir, je prétends rendre l'âme.
O Philoctète ! il faut, à l'instar d'un goret,
    Me faire ici griller la pense ;
    Dépêche-toi de battre le briquet,
Mes flèches et mon arc seront ta récompense ;
    Mais, jure-moi, sur ce qui t'est sacré,
Que lorsqu'au vent, tes mains auront jeté ma cendre,
Tu ne diras jamais à qui voudrait l'apprendre,
    En quel lieu je fus enterré.
Je le jure, lui dis-je ; et soudain, pour me rendre
    Au désir de ce cher ami,
J'en fais, sans tourne-broche, un superbe rôti.....
Hélas ! je ne trouvai dans ces flèches fameuses,
Qu'une source de maux, et des douleurs affreuses.
    Les rois ligués, pour venger Ménélas,

Du coupable Pâris, ce ravisseur d'Hélène,
Menaçaient les Troyens d'une perte certaine,
  Si Priam ne la rendait pas ;
Mais l'oracle, à son tour, leur avait fait entendre
Qu'à renverser la ville ils ne devaient s'attendre,
    Qu'autant qu'en son pouvoir,
    L'un d'eux saurait avoir
Et les flèches d'Hercule, et son arc pour le tendre.
Ulysse, votre père, était un fin matois,
Qui devinait toujours, dès la première fois :
    Il pensa donc que si le grand Hercule,
      Etait mort de la canicule,
Il m'aurait tout légué jusques à son carquois.
A venir me trouver soudain il se décide ;
Et comme en arrivant, il me voit le grand deuil,
Pour me faire avouer que c'est celui d'Alcide,
      Il se met à pleurer d'un œil ;
      Mais ce n'était qu'un artifice :
    J'ai su depuis, qu'en cette occasion,
    Dans son mouchoir il avait, par malice,
      Exprimé le jus d'un oignon.
Au reste il eut bon nez, car pour se faire suivre,
    S'il m'eût tenu quelque insolent discours,
Par moi, je vous le jure, il eût appris à vivre ;
Mais il fit tellement la patte de velours,
Que bientôt, lui donnant toute ma confiance,
Je lui glissai tout-bas sur la mort du héros,
      Quatre moitiés de mots,
Et droit au camp des Grecs j'allai sans résistance,
      On m'y reçut à bras ouverts,

Et même, en mon honneur, on y chanta des vers.
          Tout allait donc le mieux du monde,
     Quand bientôt le destin, que lucifer confonde,
Jaloux de mon bonheur, vint le mettre à l'envers.
Un jour, que, me trouvant dans l'île de Lemnos,
Je veux prouver aux Grecs qu'une flèche d'Hercule,
En visant comme il faut, peut toucher une mule,
Le trait sur mon pied tombe, et m'en traverse un os,
Ce qui me fait crier comme un rhinocéros.
A ces cris, tout le camp frémit de l'aventure;
          Et les rois, étonnés
          Qu'il s'exhale de ma blessure
          Une odeur de suif en friture,
     Prennent la fuite en se bouchant le nez.
Votre père lui-même, et c'est de quoi j'enrage,
          M'abandonna sur le rivage;
Cependant, aujourd'hui, je conviens que son tort
          Me paraît moins grand que d'abord,
Et qu'enfin sa conduite aurait été blâmée,
S'il eût, par ma présence, empoisonné l'armée.
Dans l'antre que j'avais choisi pour ma maison,
J'enviais, chaque jour, le sort de Robinson :
Comme lui j'étais seul dans une île déserte;
          Mais, sans blessure et plus alerte,
     Il n'avait pas à la patte un chiffon.
Enfin, après dix ans d'une pareille vie,
Comme je revenais de chercher de l'onguent,
Dans un roc, où j'avais ouvert ma pharmacie,
          Je vis devant mon logement,
Une figure humaine on ne peut plus jolie :
                                        C'était

C'était Néoptolême, encore adolescent ;
Fils d'Achille, il avait toute son encolure,
    Son port, sa taille et sa figure.
Au fidèle récit de mes mille douleurs,
Il parut s'attendrir ; et cachant quatre pleurs,
A présent, me dit-il, que je sais votre peine,
    Je vais vous raconter la mienne :
    Achille étant devenu mort......
Quoi ! m'écrié-je, Achille a vu le sombre bord ?
La chose, reprit-il, hélas ! n'est que trop claire ;
    Mais revenons à mon affaire.
Dès qu'il eut tourné l'œil, Ulysse et Merle-blanc
    (Nom qu'à Phénix on donne au régiment)
    Vinrent me dire avec beaucoup de joie,
Qu'il m'était réservé de faire tomber Troie.
Aussitôt avec eux je me mets en chemin ;
J'arrive.... mais jugez de mon cruel chagrin,
Quand, réclamant mes droits sur les armes d'Achille,
    On me répond que je suis un marmot ;
Et qu'Ulysse, après tout, comme le plus habile,
Dans la succession les aura pour son lot.
A ces mots insolens la fureur me transporte ;
Je toise Agamemnon ainsi que Ménélas,
Qui s'étaient avisés de parler de la sorte,
Et les traite, à mon tour, tous deux du haut en bas.
    A mon tapage, à mon air *crâne*,
Ulysse en gasconnant s'écria : *Dieu me damne !*.....
Jamais, sur le théâtre, on n'a vu Jacquinet
Se trémousser autant pour ravoir son paquet ;
J'admire, me dit-il, ta petite colère ;

                 18

Mais, *cadédis! tu n'auras pas,*
          Nicolas,
     Les armes de ton père.
Après un tel affront, je retourne à Scyros,
Pour y prier les dieux de lui briser les os,
Et de faire si bien, que les fièvres putrides,
     Crèvent aussi les deux Atrides.
Pourquoi, lui dis-je alors, Ajax, télamonien,
Dans cette occasion, pour toi n'a-t-il fait rien !
Hélas! il est occis, répond Néoptolème ;
Antiloque a fini le cours de ses exploits,
     Et Patrocle, de même,
A toussé, cet hiver, pour la dernière fois.
Quoi! tout ce monde est mort, m'écrié-je en furie,
     Tandis qu'Ulysse est gros et gras !
     O juste ciel !.... tu ne l'es pas,
Et, là-dessus, aux dieux je fis une avanie.
Pendant que je lâchais la bride à ma fureur,
Le maître, poursuivant son rôle d'imposteur,
Ajouta qu'il allait se remettre en voyage :
Dans l'île de Lemnos, me dit-il, à présent,
Loin d'Ulysse et des siens, je vivrai plus content ;
Adieu donc, car je pars; bon soir, à l'avantage....
O mon fils! lui crié-je, arrête, emmène-moi ;
     Je t'en supplie et t'en conjure
Par le talon d'Achille ; et si, par aventure,
Ma blessure et mes cris te causent de l'effroi,
Eh bien! dans chaque oreille et dans chaque narine,
Outre que tu pourras te fourrer un tampon,
     Au fond de cale, ou bien à la sentine,

Une fois sur ton bord, fais-moi mettre un bâillon.
 Dès qu'il m'eut donné sa parole,
Que, lui-même, il allait me conduire au vaisseau,
 Dans mon transport, je fis la cabriole;
Mais de mon pied malade ayant touché la peau,
 J'y ressentis une douleur si forte,
Que j'allai, demi-mort, tomber devant ma porte.
Pour me voler mon arc et mes flèches aussi,
Néoptolème crut le moment favorable;
Mais, s'imaginant bien, lorsqu'il s'en fut saisi,
Que s'il les emportait, le cas serait pendable,
Quand je revins à moi, je le vis tout transi,
Tenant mes traits mortels, et mon arc redoutable.
Malheureux! qu'as-tu fait, lui dis-je, et que veux-tu?....
Vous mener, répond-il, à la guerre de Troie.....
  O ciel! qu'ai-je entendu?
M'écrié-je en fureur; me prend-on pour une oie?
Rends ces armes, mon fils, et nomme le gredin
Qui t'oblige à venir m'ôter mon gagne-pain.
Tu gardes le silence!... ô rochers! ô rivage!
O terre de Lemnos! ô tout ce qu'on voudra!
Je vous prends à témoin de ce sanglant outrage,
  Et de tous ceux qu'on me fera.
Déjà le fils d'Achille, atteint de repentance,
  Prenait part à ma doléance,.....
Tout-à-coup, je m'écrie: ô rage! ô désespoir!
Que vois-je? est-il possible?..... Ulysse en ce manoir!....
Oui, me dit-il, c'est moi; mais laissons nos rancunes,
Si j'arrive en ces lieux, ce n'est point pour des prunes;
Venez au camp des Grecs; venez remplir, mon cher,

Les grands desseins qu'a sur vous Jupiter.
A-peine ce discours est sorti de sa bouche,
Que promenant sur lui le plus affreux regard,
     Je lui fais un bouquet poissard ;
Mais autant eût valu le faire à quelque souche :
Votre père avec calme, et le front déridé,
M'écouta jusqu'au bout débiter mon *Vadé* ;
Puis, quand il eut ainsi laissé passer ma rage,
Il me dit : c'est fort bien, maintenant soyez sage,
Suivez-nous, et cessez de faire le mutin ;
Car, si vous résistez à l'ordre de Jupin,
Vos flèches et votre arc deviendront mon partage.....
Mais, quoi ! vous rechinez ! vous me faites des yeux !...
Allons, Néoptolème, abandonnons ces lieux.
Cela dit, et voyant qu'ils quittent ma retraite,
Sans me laisser mon arc ni la moindre sagette,
Je fais, de désespoir, un si grand carillon,
Qu'Ulysse, pour tenter le moyen qu'il projette,
     De me servir un plat de sa façon,
          Donne l'ordre à son compagnon,
De remettre en mes mains les traits que je regrette.
Je m'en saisissais donc, et pour les essayer,
J'allais de votre père enfiler le gésier,
Lorsque le grand Hercule, assis sur un nuage,
          M'appelle, et me tient ce langage :
O Philoctète ! ô toi qui, par compassion,
          M'as fait griller comme un cochon,
Je suis charmé qu'au nez la moutarde te grimpe ;
Mais si tu reconnais et ma taille et mon air,
Ecoute-moi : je viens du sommet de l'Olympe,

T'apporter ici-bas l'ordre de Jupiter.
Il te faut, de ce pas, avec le fils d'Achille,
   Clopin, clopant, l'embarquer pour la ville
Où le vieux roi Priam, en dépit du destin,
Contre les Grecs encor se bat comme un coquin.
Bientôt Diaphorus guérira tes coliques;
Tu perceras Pâris de mes traits diaboliques;
     Et quand, jusques aux fondemens,
Ton bras, tout comme un autre, aura renversé Troie,
De ce qui restera dans les appartemens
     Tu me feras un feu de joie :
Va donc, et que la lune éclairant ces états,
Demain, en plein midi, ne t'y retrouve pas.
A ces mots, éprouvant ce je ne sais trop guère,
Qui rend fous les auteurs aux bravos du parterre,
Je m'écrie : oui je pars! et soudain à ces lieux,
Aux rochers, à mon trou, j'adresse autant d'adieux,
Que la pauvre Perrette en fait, dans la *Laitière*,
A sa crème, à ses veaux, à tous ses projets creux.
Enfin, tout étant prêt pour ce fameux voyage,
   Dans un bateau, nous quittons le rivage,
Et droit au camp des Grecs, poussés par le courant,
    Nous arrivons tambour battant.
Bientôt je vis qu'Hercule avait été sincère :
    J'en fus quitte pour un clystère;
La ville des Troyens, pour avoir un peu chaud,
Et Pâris, pour aller faire l'amour là-haut.
    Cependant contre Ulysse,
  Depuis ce tems j'en avais sur le cœur ;
    Mais, en votre faveur,

Et vu qu'ensemble ici nous faisons l'exercice,
Si je le dis encor, je dirai sans humeur,
          Que c'est un vieux sac à malice.
Pendant que Philoctète avait fait ce récit,
Télémaque, les yeux braqués sur son visage,
Et s'appropriant l'air de chaque personnage,
Etait demeuré là comme un homme interdit :
          Tantôt, c'était Hercule même,
Grimaçant tout son soûl du haut de son bûcher ;
Tantôt, comme Lichas, il faisait le rocher ;
          Puis, pour singer Néoptolème,
          Il prenait l'air d'un Nicodème ;
Et soudain, pour son pied choisissant un appui,
Imitait Philoctète, et beuglait comme lui.
Cependant contre Adraste on marchait en bataille ;
Tout semblait annoncer que le plus prompt succès
          Allait forcer ce rien qui vaille
          A renoncer à ses projets,
Lorsque Partout-Rôdant, excitant une alerte,
Pensa mettre l'armée à deux doigts de sa perte.
          Sans avoir les airs d'un manan,
Il s'était vu gâté si fort par sa maman,
Qu'il était d'un orgueil vraiment insupportable.
Mentor seul avait pu le rendre un peu traitable ;
Mais depuis qu'à Salente, ayant ce garde-fou,
Il se sentait enfin la bride sur le cou,
Cet orgueil effréné l'avait rendu fessable.
Phalante, que cela commençait à lasser,
En toute occasion cherchait à le vexer :
Il le faisait, partout, passer pour un bravache ;

Et s'il disait un mot, pour mieux l'embarrasser,
    Il lui riait sous la moustache.
Un jour que Télémaque avait sur les Dauniens
Fait quelques prisonniers pour leur sauver la vie,
    Phalante, outré de jalousie,
Et voulant chicaner, dit qu'ils étaient les siens.
    Tout autre que le fils d'Ulysse
Eût laissé sur ce point prononcer la justice;
    Mais le compère était vif et brutal;
Et sans un grand seau d'eau qu'alors le tribunal
    Lui fit jeter au milieu de la face,
    Pour l'obliger à lâcher son rival,
Il allait, disait-il, lui percer la besace.
Phalante avait pour frère un certain Hippias,
    Vrai spadassin, si fameux dans la Grèce,
Que Castor et Pollux, pour la force et l'adresse,
    Auprès de lui ne valaient pas un as.
Cet Hippias voyant avec quelle arrogance
Télémaque à Phalante avait osé parler,
Sans attendre qu'on eût prononcé la sentence,
S'empara des captifs, et les fit emballer;
Mais Télémaque à-peine en apprend la nouvelle,
    Que, de fureur, devenant tout bouffi,
Il jure par son dard, qu'il a déjà saisi,
D'étriper cet escroc pour finir la querelle.
Il le cherche, il le trouve, et lui dit : grand coquin,
Tu vas bientôt savoir s'il faut me chanter pouille,
    Et si ce fer a trop de rouille,
Pour enfiler un gueux qui me prend mon butin.
A ces mots, le trait part; mais comme la colère

Nous fait souvent trembler la main,
Ce dard au loin s'écarte, et va percer la terre.
Sans doute qu'à son tour, Hippias fit *chou-blanc*,
Car Télémaque alors dégaînant son épée,
Qu'il croyait préférable à celle de Pompée,
S'écria qu'il voulait l'en piquer jusqu'au sang;
Mais Hippias lui dit qu'elle était mal trempée;
Et soudain, d'un coup de poignet,
Il la rompit comme un croquet.
Alors nos champions s'élancent l'un sur l'autre,
Se prennent aux cheveux comme deux crocheteurs,
Et se font une mine, en leurs sombres fureurs,
A les rendre plus laids que le treizième apôtre.
Cependant Hippias, paraissant plus nerveux,
Semblait devoir culbuter Télémaque,
Encor qu'à poings fermés, lui lançant mainte claque,
Le fils d'Ulysse eût su lui pocher les deux yeux.
Déjà Partout-Rôdant, épuisé, hors d'haleine,
Sentait ses mollets fondre, et fléchir ses genoux;
Tellement que bientôt, d'un imprudent courroux
On l'aurait vu porter la peine,
Si Minerve, toujours prompte à le secourir,
De son égide encor n'eût voulu le couvrir.
Elle ne quitta point le palais de Salente;
Mais Iris, à sa voix, s'élança dans les airs;
Et, l'égide à la main, franchissant les deux mers,
Arriva dans le camp déjà plein d'épouvante.
A l'aspect d'Hippias qui, comme un enragé,
S'acharnait sur le fils d'Ulysse,
Elle-même frémit; et sur son protégé,

De

De Minerve étendant le bouclier propice ;
Lui fourra dans l'esprit quelques grains de malice.
Télémaque aussitôt se souvient qu'autrefois,
On l'a vu chez Aceste, en un cas tout semblable,
Et par un croc-en-jambe aussi bon que valable,
Etendre de son long certain prince iroquois.
Pour lui ce souvenir est un trait de lumière ;
Il croise avec son pied ceux de son adversaire,
Le pousse, et fait si bien, pour lui brouiller le pas,
          Que soudain, patatras !
Hippias, renversé, va mesurer la terre.
            Je ne crois pas qu'un marmiton,
            Du haut d'une escabèle,
            Se laissant avec sa vaisselle,
            Tomber sur le cu d'un chaudron,
        Puisse mener autant de carillon,
            Qu'en fit alors, vu son armure,
Le frère de Phalante en tombant sur la dure :
L'air en gémit au loin, la terre en fit un saut,
Et le pauvre Hippias en demeura tout sot.
Cependant Télémaque, après cette victoire,
Le relève et lui dit : consolez-vous, mon cher ;
Si vous êtes vaincu, les dieux seuls ont la gloire
De vous avoir jeté les quatre fers en l'air.
J'admire votre force ; et quant à mon adresse,
Si je parais encore en faire un peu de cas,
C'est qu'elle peut ici vous apprendre, Hippias,
A ne plus désormais mépriser ma jeunesse ;
Du reste, en ce moment, je suis au désespoir
D'avoir mis, pour cela, vos yeux au beurre noir.

Il dit, et, plus honteux qu'un renard pris au piége,
     Dans sa tente il va se cacher,
Et là, pendant deux jours, ne fait d'autre manége
     Que gémir, et se reprocher
Son orgueil, ses fureurs, son combat de cocher.
Philoctète et Nestor jugeant impardonnable
Qu'il eût d'un allié fait ployer les jarrets,
A lui chanter sa gamme étaient déjà tout prêts,
     Quand le trouvant inconsolable,
Ils ne songèrent plus qu'à calmer ses regrets;
Mais, tandis que Nestor lui léchait quelques larmes,
On entendit au loin le cliquetis des armes.
A ce bruit se mêlaient d'épouvantables cris :
     C'étaient les Dauniens ennemis,
     Qui, sur les troupes éperdues,
Fondant de toutes parts, semblaient tomber des nues.
C'est qu'Adraste en effet, instruit du démêlé,
Avait fait un détour; et suivi de sa garde,
     Sans s'amuser à la moutarde,
     Dans le camp s'était faufilé.
     Le diable, qu'il avait dans l'âme,
     Lui soufflant qu'il fallait toujours,
     En guerre comme en mélodrame,
     A quelque traître avoir recours,
D'un certain Eurimaque avait fait son compère,
Moyennant un contrat passé devant notaire.
Ce Dolope, à lui seul, était aussi coquin,
     Aussi fourbe, et même aussi fin,
     Que tous les valets de Molière.
Il savait que Nestor, quoique madré renard,

Vu son grand âge, était un peu bavard ;
Et que l'entretenir de sa gloire passée,
De sa rare prudence, et de ses vieux succès,
Était le sûr moyen de savoir sa pensée,
Ainsi que ses desseins, même les plus secrets.
Pour réussir auprès du bouillant Philoctète,
Il n'avait pas agi de la même façon :
      Ayant vu qu'un *oui* pour un *non*,
      L'enflammait comme une allumette ;
Et qu'alors, pour prouver qu'il avait seul raison,
La langue du héros devenait indiscrète,
Il n'avait, sur ses plans, qu'à le contrecarrer,
Pour en apprendre autant qu'il pouvait désirer.
Ce fut par ces moyens, que les troupes surprises,
Avaient vu, chaque jour, manquer leurs entreprises ;
Et qu'Adraste, averti qu'un combat singulier
Avait mis tous leurs chefs en mésintelligence,
Pour les mettre d'accord en cette circonstance,
      Était venu les étriller.
Il attaque d'abord les soldats de Phalante,
Les disperse, et bientôt, secondé par le vent,
      Pour augmenter leur épouvante,
      Fait un brâsier de tout le camp.
Phalante, à qui ce feu rôtissait les oreilles,
S'écriait cependant qu'il fallait tenir bon ;
Disant aux siens, qu'à moins qu'il ne fût un démon,
Adraste ne pouvait, en des flammes pareilles,
Que se griller, comme eux, tous les poils du menton,
Quelques braves trouvant ces raisons fort plausibles,
Et ne soupçonnant point qu'Adraste et tous ses gens

Eussent des corps incombustibles ;
Revinrent avec lui, l'apprendre à leurs dépens.
Ce fut là qu'Hippias, d'un grand coup d'estocade ;
         Que le roi des Dauniens
Lui planta dans le ventre, en parant tous les siens,
Paya le grand secret de n'être plus malade.
Pour Phalante, qu'un tas d'ennemis furieux
         Ont percé comme une écumoire,
On le voit, de son haut, tomber sur sa mâchoire ;
Et paraissant alors abandonné des dieux,
Sans être mort encor, n'en valoir guère mieux,

FIN DU CHANT SIXIÈME.

SOMMAIRE DU CHANT SEPTIÈME.

TÉLÉMAQUE ; s'étant revêtu de ses armes divines, court au secours de Phalante, renverse d'abord Iphiclès, fils d'Adraste, repousse l'ennemi victorieux, et remporterait sur lui une victoire complète, si une tempête survenant, ne faisait finir le combat. Ensuite il fait emporter les blessés, prend soin d'eux, et principalement de Phalante. Il fait l'honneur des obsèques de son frère Hippias, dont il lui va présenter les cendres qu'il a recueillies dans une urne d'or. Télémaque, persuadé par divers songes que son père Ulysse n'est plus sur la terre, exécute (au moyen de la fantasmagorie) son dessein de l'aller chercher dans les enfers, où il ne le trouve point. Ensuite on lui fait voir les Champs-Élysées, où il est reconnu par Arcésius, son bisaïeul, qui l'assure qu'Ulysse est vivant, qu'il le reverra à Ithaque, et qu'il y régnera après lui. Arcésius lui peint la félicité dont jouissent les hommes justes, sur-tout les bons rois, qui, pendant leur vie, ont servi les dieux et fait le bonheur des peuples qu'ils ont gouvernés. Il lui fait remarquer que les héros, qui ont seulement excellé dans l'art de faire la guerre, sont beaucoup moins heureux dans un lieu séparé. Il donne des instructions à Télémaque ; puis celui-ci s'en va pour rejoindre en diligence le camp des alliés. Dans une assemblée des chefs, Télémaque fait prévaloir son avis, pour ne pas surprendre Vénuse, laissée, par les deux partis, en dépôt aux Lucaniens. Il fait voir sa sagesse à l'occasion de deux transfuges, dont l'un, nommé Acante, avait entrepris de l'empoisonner ; l'autre, nommé Dioscore, offre aux alliés la tête d'Adraste. Dans le combat qui s'engage ensuite, Télémaque porte la mort partout où il va pour trouver Adraste; et ce roi, qui le cherche aussi, rencontre et tue Pisistrate, fils de Nestor. Philoctète survient, et dans le tems où il va percer Adraste, il est blessé lui-même, et obligé de se retirer du combat. Télémaque court aux cris des alliés, dont Adraste fait un carnage horrible : il combat cet ennemi, et lui donne la vie à des conditions qu'il lui impose. Adraste relevé, veut surprendre Télémaque; celui-ci le saisit une seconde fois, et lui ôte la vie.

CHANT SEPTIÈME.

Jupiter, entouré des dieux et des déesses,
Remarquait ce hachis des pauvres alliés;
    Il paraissait les avoir oubliés,
Ou plutôt, se moquer de leurs vaines prouesses,
Tout-à-coup, s'adressant à la céleste cour :
J'enrage, leur dit-il, du triomphe d'Adraste;
Mais ce coupe-jarret et sa damnable caste,
Si j'en crois l'horoscope, auront bientôt leur tour.
Je sais que ce succès obtenu par surprise,
        Et dont vous êtes intrigués,
        Est pour apprendre aux rois ligués
        A mieux cacher une entreprise :
        Ici Minerve à son poupon
        Prépare une nouvelle gloire;
Et, sous-peu, Télémaque avec son bataillon,
Va, sur ce roi daunien, remporter la victoire.
Il dit, et tous les dieux, applaudissant Jupin,
Admirent par avance un si beau coup de maître;
    Puis remettant la tête à la fenêtre,
Regardent le combat, la lorgnette à la main.
Cependant, sur le point d'être atteints par la flamme,
Philoctète et Nestor, en ce danger pressant,

Sont d'avis de sortir du camp ;
Et pour prouver qu'ils ont de l'âme,
Prennent la fuite, en criant : en avant !
A ce cri Télémaque a renfoncé ses larmes ;
Il s'élance, et croyant saisir ses mêmes armes,
Le voilà possesseur d'un nouveau bouclier,
D'un dard, de l'attirail d'un fringant chevalier,
Que la prévoyante Minerve,
Pour lui, depuis long-temps, avait mis en réserve,
Et qu'il trouve pendus près de son oreiller.
Ces armes étaient plus brillantes
Qu'une glace exposée aux rayons du soleil ;
On y voyait des gravures charmantes,
Que dans l'Etna, Vulcain, forgeron sans pareil,
Avait faites au sein des cavernes fumantes.
Or, comme les sujets en sont beaux presque tous,
Et valent bien qu'on les explique,
Lecteur, je vais, pour vos deux sous,
Vous faire voir ici la lanterne magique. . . . .
. . . .
Voyez le dieu des mers et la fière Pallas,
Se disputant l'honneur qu'aura le plus habile,
D'être marraine ou parrain de la ville
Qu'au fond de la gravure on aperçoit là-bas ;
Voyez-y comme quoi l'escamoteur Neptune,
Fait, d'un coup de trident, le plus beau des bidets ;
Et comme quoi Pallas, sans consulter la lune,
Fait naître un olivier pour gagner son procès. . . . .
. . . .
Examinez ici la plus grosse araignée
Qu'on

Qu'on ait vue encor des deux yeux :
C'est Arachné.... voilà que Minerve indignée
Qu'elle ait voulu joûter à qui tricotait mieux,
Vient de la transformer en animal hideux. . . .

. . . .

Voici présentement le dieu Mars en personne ;
Il tousse..... et comme autant de petits chats bottés ;
Vous voyez les Beaux-Arts, pensant qu'il les canonne ;
Vers Minerve aussitôt s'enfuir épouvantés. . . . .

. . . .

Voyez, voyez, Messieurs, au plus haut de l'Olympe,
Comme Jupiter tremble en voyant qu'on y grimpe !
C'est ici qu'il faut voir la force des Titans :
Encore une montagne, et ces gueux de géans,
        Dont la barbe en fume d'envie,
Vont boire son nectar comme leur eau-de-vie. . . . .

. . . .

A présent c'est Minerve avertissant Jupin
Qu'il peut rendre ces monts aussi plats que des tartes ;
Remarquez que ce dieu, les foudroyant soudain,
Avec tous les brigands prêts à voler son vin,
Les fait dégringoler comme un château de cartes. . . .

. . . .

Ce tableau-ci, Messieurs, est le plus beau des six,
        Gravés autour de l'armure divine ;
Vous y voyez Minerve, aux bords du Simoïs,
        Faire aux Troyens fort bonne mine,
Tandis que dans leur ville, où s'est caché Pâris,
Elle introduit Ulysse et son cheval-machine. . . .

. . . .

Mais à nous divertir voici qui donne lieu :
Examinez, voyez et contemplez la touche
       Du morceau du milieu,
    Réservé pour la bonne bouche ;
C'est un salmigondis de vingt sujets divers,
Qui, dans leur assemblage, un peu contre nature,
      Vous présentent de l'univers
      Le portrait en caricature.
Considérez, sur-tout, dans cet amas confus
De bêtes et de gens, de dieux à pieds fourchus,
    Considérez une chose impayable :
Voyez comme ces loups, animaux si gloutons,
      Au lieu de manger les moutons,
Ici vont, avec eux, brouter à l'amiable.
Voyez enfin, voyez ; au son du chalumeau,
    Le tigre aussi danser avec l'agneau.....
Et votre serviteur, la farce étant finie,
      Mettre la main à son chapeau,
Pour saluer, Messieurs, l'aimable compagnie. . . . .
   . . . .
Maintenant je reviens à notre chevalier :
Quand Télémaque a pris son nouveau bouclier,
Ou plutôt, de Pallas la formidable égide,
Il tire son épée, et d'un air intrépide,
Il crie aux alliés, qui montrent les talons,
Que s'ils ne font point halte, ils sont tous des poltrons,
      A sa voix tout s'arrête ;
Le chef des Manduriens, Nestor et Philoctète
Font aussi volte-face ; et se disant trois mots,
      D'un consentement unanime,

Décident qu'en faveur de ce trait de héros,
Il sera reconnu pour généralissime.
D'abord Partout-Rôdant, qui craint de faire encor
 Quelque nouvelle étourderie,
Réfléchit un moment ; puis prenant son essor,
Voilà, pour découvrir la manœuvre ennemie,
 Le digne élève de Mentor,
A cheval sur le cou de son tambour-major.
 De là, comme d'une colline,
 Il aperçoit les Dauniens, déjà gris,
Qui, pour mieux se moquer des alliés rôtis,
 A leur santé boivent encor chopine.
 Jugeant donc que c'est le moment
D'aller leur appliquer plus que des coups de lattes,
De son observatoire aussitôt il descend ;
Puis avec son armée, allant à quatre pattes,
Afin de les surprendre il fait le tour du camp.
Il arrive, et déjà, sur maint incombustible
Tombant comme la foudre, il poignarde Iphyclès,
 Il coupe en deux Cléoménès ;
Et voulant, dans l'excès de sa fureur terrible,
Joindre aux guerriers en *es* les guerriers en *ion*,
 Pour commencer par le plus invincible,
 Il extermine Euphorion.
Dès qu'Adraste eut appris le déplorable sort
De son fils Iphyclès, il frémit de colère,
 Et jura par son cimeterre,
 D'écorcher l'auteur de sa mort.
 Il courait donc à sa poursuite,
Et déjà, dans sa course, il avait mis en fuite

Jusqu'au dernier des lapins du pays,
Quand du pauvre Phalante il entendit les cris ;
Il s'élance, et soudain s'apprête
A lui faire sauter la tête.
Hélas ! c'en était fait du Lacédémonien,
Si Télémaque alors, qui cherchait le Daunien,
Pour terminer avec lui la querelle,
Ne se fût fait entendre en lui criant : vaurien,
C'est moi qui veux manger un plat de ta cervelle.
Le fougueux Adraste, à ces mots,
Se tourne comme une omelette ;
Et laissant là Phalante au ciel montrer son dos,
Vers le fier ennemi, qui lui tient ce propos,
Se précipite avec sa brette.
Les dieux, qui reluquaient d'un œil très-attentif,
Croyaient déjà toucher au moment décisif,
Où Télémaque, après monts et merveilles,
Allait au roi Daunien couper les deux oreilles ;
Mais Jupiter, d'une autre part,
Voulant que ce combat se fît un peu plus tard,
L'ajourna sur-le-champ par un coup de théâtre :
Sur les gros yeux de Mars vite il jette un emplâtre ;
Couvre les combattans du plus épais brouillard ;
De chacun d'eux ainsi fait un colin-maillard ;
Prend sa foudre à la main, mène un bruit de tonnerre ;
Et, pour mieux arrêter jusqu'au plus téméraire,
D'un déluge effroyable inondant les deux camps,
Oblige nos guerriers d'attendre le beau tems.
Adraste, cette fois, pour la peur en fut quitte ;
Mais, comme au souverain des dieux

Il n'offrit pas un bœuf ou deux,
Pour l'avoir garanti d'être assommé de suite,
Il recula pour sauter encor mieux.
Cependant Télémaque, en voyant son armée
Que l'orage avait abîmée,
Faire de vains efforts pour marcher en avant,
Ne songea plus qu'à rentrer dans le camp.
C'est là qu'à l'aspect des blessures,
Des reins cassés, des bras rompus,
Des nez à bas et des brûlures,
Pestant contre la guerre et contre ses abus,
Il se mit à pleurer jusqu'à n'en pouvoir plus ;'
Mais quand il vit qu'avec ses larmes,
Il ne guérissait pas le mal fait par armes,
Il s'y prit d'une autre façon,
En portant aux blessés l'écuelle de bouillon.
Parmi les cent Crétois, qui, comme un chef de file,
L'avaient suivi depuis la ville
Où nous avons tantôt laissé les Salentins,
Se trouvaient deux vieillards, excellens médecins,
L'un nommé Nosophuge, et l'autre Traumaphile.
Ce dernier, dès long-tems, possédait le secret
D'une poudre de sympathie,
Qui rendait aussitôt la vie
A qui n'était pas mort cependant tout-à-fait ;
Pour Nosophuge, à force de pratique,
Il était parvenu, sans grec et sans latin,
A savoir aussi bien qu'Esculape et sa clique,
Que, si du mal de ventre un malade est atteint,
Cela prouve qu'il vient d'attraper la colique.

Télémaque aux blessés envoya donc ces vieux ;
Qui bientôt eurent fait de si superbes cures,
    Qu'un lynx aurait usé ses yeux
A vouloir découvrir la trace des blessures ;
Aussi, tous les soldats guéris par ces secours,
    Que procurait le fils d'Ulysse,
Vu qu'ils n'entendaient rien à faire un beau discours,
Lui disaient en passant : que le ciel vous bénisse !
A quoi, se contentant d'être ainsi louangé,
    Il répondait : bien obligé.
Philoctète et Nestor en le voyant honnête,
    Et devenu tout-à-coup si charmant,
Pour trouver la raison d'un pareil changement,
    Chaque jour se creusaient la tête ;
Mais ce qui les surprit encor plus d'un tel fou,
Ce fut le soin touchant qu'il prit des funérailles
Du farouche Hippias, qui, par le même trou,
Avait vu déloger son âme et ses entrailles.
Sous un monceau de corps comme lui dépêchés,
Il sut le reconnaître à ses deux yeux pochés
O grande ombre ! dit-il, toi qui sais à cette heure,
Ce qu'on ne peut savoir si d'abord on ne meure ;
    Toi qui peux, de là-bas,
Voir ici, quoique mort, mieux que ne l'étant pas,
Tu connais maintenant, malgré notre querelle,
Malgré mon croc-en-jambe et tous mes coups de poing,
Combien je t'honorais, et jusques à quel point
Pour ta valeur, encor, mon estime est réelle.
Bref, pour le savonner, il envoya chercher
    Un grand baquet tout rempli d'eau de menthe ;

Puis, quand il l'eut bardé sur un tas de charpente,
Il fit mettre la flamme autour de ce bûcher.
Or, pendant que le feu rôtissait Hippias,
   On n'entendait que des hélas!!!
   Les troupes au cortége admises
   Avaient toutes la larme à l'œil;
Et sur leur uniforme, en signe de grand deuil,
Les Lacédémoniens avaient mis leurs chemises;
Mais, depuis le premier jusqu'au dernier pleureur,
Celui qui ressentait la plus vive douleur,
   C'était son père de nourrice,
   Qui s'étant chargé de l'office
De le ramener vif à ses nobles parens,
En le voyant griller comme un bout de saucisse,
Criait à faire taire au moins dix régimens.
A-peine Télémaque eut recueilli sa cendre,
Dans ce qu'alors en urne on avait de plus beau,
   Que lui-même, et sans plus attendre,
A Phalante il courut en faire le cadeau,
Bien sûr de le gagner par un soin aussi tendre.
   Il le trouva dans le moment,
   Où Nosophuge et Traumaphile,
   Pour le guérir, jugeaient utile
   De lui donner un lavement.
Phalante, à son aspect, se sentit bonne envie
De venger Hippias qu'il avait abattu,
En lui lâchant au nez tout son bouillon pointu;
Mais pensant qu'il venait de lui sauver la vie,
  Il se retint, prit l'urne, la baisa,
Et dit à Télémaque : il me fallait cela

Pour vous pardonner tout jusqu'à mon avanie :
Allons, embrassons-nous, et soyons désormais
Une paire d'amis comme on n'en vit jamais.
Cependant par l'effet d'un souverain dictame,
Ce guerrier, ramené des portes du trépas,
     De jour en jour et pas à pas,
Dans son corps moins criblé sentait rentrer son âme.
Télémaque, sans cesse assis à ses genoux,
Ordonnait aux docteurs de lui tâter le poulx ;
Et ceux qui l'avaient vu, dans le tems, si maussade,
     Si tapageur, si pétulant,
     Et, sur-tout, si peu complaisant,
S'étonnaient de le voir si bon garde-malade.
     Un jour qu'il faisait nuit,
Il rêva que son père, en cherchant ses culottes,
     Se promenait dans un charmant réduit,
Où, pour couvrir ses reins et tout ce qui s'en suit,
Des nymphes s'empressaient de lui jeter leurs cottes.
     Il lui sembla l'entendre après,
     Parler aux murs de son palais ;
Puis, tout-à-coup, au milieu des ribottes,
Chanter à la guinguette et dans des cabarets.
Ce songe, à son réveil, lui parut de nature
     A mériter attention :
Or, comme Adraste était en pleine inaction,
Il voulut profiter de cette conjoncture
     Pour aller voir aux bords de l'Achéron,
     Si son père était mort ou non.
Un sorcier y montrait la *fantasmagorie*,
     De sorte que, par son pouvoir,

11

Il vous mettait de suite en état de savoir
Si quelqu'un était mort, ou s'il était en vie.
Partout-Rôdant, rempli de son nouveau projet,
     Sort de sa tente à la sourdine ;
Et muni de vingt sous pour payer son billet,
     Vers le spectacle aussitôt s'achemine.
Il fallait pour cela traverser tout le camp ;
Mais, guidé par la lune et par sa bonne étoile,
     Sans un *qui vive ?* seulement,
     Il arriva juste au moment
     Où le sorcier faisait lever la toile.
D'abord, en entendant un grand bruit souterrain,
Il s'écria : je suis au royaume des taupes !
Mais, comme lui, lecteur, de peur que tu ne topes
A croire que l'enfer se mêlait de ce train,
Je t'apprends que ce bruit venait d'un tambourin ;
     Te prévenant ainsi d'avance,
Qu'il ne faut pas toujours juger sur l'apparence.
La terre semble alors s'ébranler sous ses pas ;
Le ciel s'arme d'éclairs ; on voit des corps sans bras,
Des squelettes mouvans et des têtes affreuses,
     Sortir du sein des eaux bourbeuses,
     Enveloppés dans de grands vilains draps.
Le sorcier, qui savait l'histoire de chaque ombre,
Voulut le régaler de celle d'un grand nombre :
Celui-ci, lui dit-il, montrant Nabopharzan,
     Etait un roi de Babylone,
Aussi mou que tripette, orgueilleux comme un paon,
Et qu'on verrait encor se carrer sur son trône,
S'il eût pu, certain soir (mais c'était là le *hic*)

Digérer comme il faut , quelques grains d'arsénic.
Ces gens que vous voyez retombés dans la crotte,
Étaient des va-nu-pieds , des piliers de gargotte,
Qui voulant , à tout prix , devenir grands seigneurs ,
Avaient su s'enrichir en faisant les voleurs.
Ensuite il lui fit voir des milliers d'hypocrites,
　　　　D'ingrats , d'imposteurs , d'assassins ,
　　　　Qui se trouvant par trop vilains ,
　　　　Cherchaient à cacher dans leurs mains
　　　　Leurs figures hétéroclites.
Puis faisant, devant lui, tourner à tous les vents ,
　　　　Quantité d'ombres-girouettes ,
　　　　Voilà , dit-il , comment sont faites
　　　　Les âmes de certaines gens ,
　　　Qui, pour de l'or , font un jeu des sermens.
Après que Télémaque en eut vu beaucoup d'autres ;
　　　　Qui n'étaient pas meilleurs apôtres ,
Il s'écria : quel diantre est-ce donc que ceci ?
　　　　Je ne croirai jamais qu'Ulysse ,
Pour peu que Minos ait pour deux liards de justice ,
Puisse être , après sa mort , parmi ces gredins-ci ,
　　　　Dont les ombres mal avisées
Osent me faire voir leurs faces de guenons ;
Débarrassez mes yeux de ce tas de fripons ,
　　　　Et passons aux Champs-Élysées.
Aussitôt le sorcier , qui , d'après ce discours,
　　　　A deviné ce qu'il souhaite ,
　　　　Sur son talon fait quatre tours ,
Bredouille autant de mots ; puis, d'un coup de baguette,
Frappant chaque damné qu'au Tartare il rejette,

Soudain offre à ses yeux le plus beau des séjours.
On voyait dans ce lieu, les pêches, les cerises,
Les noix, les abricots, les raisins, le bonbon,
     Avec mille autres friandises,
     Toujours prêts à tomber, dit-on,
     Entre le nez et le menton
Des âmes de héros, qui s'y trouvaient admises.
     Ni les étés, ni les hivers,
Ne venaient dessécher ou geler leurs prairies ;
Les fleurs de leurs bosquets n'étaient jamais flétries,
Et, pour leurs corps, ils étaient là si clairs,
     Qu'on voyait le jour à travers.
     Là, jamais n'a sifflé l'envie ;
Là, plus de pauvreté, de regrets, de dégoûts,
     Plus de procès, plus de courroux,
     Plus de mort, plus de maladie,
Plus d'écus, ... et partant, plus de peur des filous.
     Parmi tant d'ombres lumineuses,
     Ulysse n'étant point présent,
     Télémaque voulut savoir, pour son argent,
     Si de ces demeures heureuses,
Laërte, son grand-père, était un habitant,
Et ce qu'il aurait fait de ses jambes goutteuses.
     Il le cherchait encore en vain,
Quand un des bienheureux, qu'il croyait un jeune homme,
En voyant son visage aussi rond qu'une pomme,
Lui dit d'un son de voix tout-à-fait argentin,
Ne cherche point ici Laërte ni ton père :
L'un et l'autre, mon fils, sont encor sur la terre.
Tu reverras Ulysse, et régneras en sus ;

C'est moi qui te l'apprends : je suis Arcésius,
Je suis ton bisaïeul, père de ce Laërte,
Qui goutteux aujourd'hui, mais jadis plus alerte,
Sur tous ses ennemis tombait comme un obus.
    Le sorcier qui, dans la coulisse,
Parlait pour l'ombre à qui le fils d'Ulysse
    Croyait devoir tous ces renseignemens,
    Se servant du même artifice,
L'entretint des héros et de leurs logemens,
Car les morts les plus beaux avaient les plus charmans.
Vois, lui dit-il, ces gens à mine de fantôme,
    Et qu'un filet de jeu de paume
    Sépare à jamais de ces lieux :
    Ce sont les demi-bienheureux,
    Auxquels Minos, qui rien ne passe,
Un jour de belle humeur, a cependant fait grâce.
    Parmi ces quarts de braves gens,
    Tu vois le crédule Thésée,
    Qui de Phèdre, en cervelle usée,
Croyant, sans examen, les rapports impudens,
Fut cause qu'un beau jour, les chevaux d'Hippolyte,
Effrayés à l'aspect du carlin d'Amphitrite,
Qui leur fit tout-à-coup prendre le mors aux dents,
Au milieu des rochers traînèrent à leur suite,
Ce héros, à son char, pendu par sa lévite.
    Cet autre que tu vois là-bas,
    La jambe en l'air et la main sur sa lance,
C'est le fougueux Achille : il n'ose faire un pas,
    Vu qu'il boite, et qu'il ne veut pas
Avoir l'air de nous faire ici la révérence.

S'il eût été moins fanfaron ,
Il n'aurait plus de mal à son talon ;
    Mais comme il n'eut que du courage,
    Et de l'orgueil pour tout potage,
    Minos pensa fort justement,
    Que cela n'était pas capable
    De plaider pour lui nullement,
Puisqu'il avait, étant invulnérable,
Pu faire, tout son soûl, le brave impunément.
Mais vois-tu près de lui ce mort à l'œil farouche ?
    C'est Ajax , fils de Télamon ,
    A qui, sans rime ni raison ,
    Un rien faisait prendre la mouche.
Dès qu'il apprit qu'Ulysse avait en son pouvoir
    La fameuse armure d'Achille,
    Qu'il s'attendait à recevoir ,
    Pour s'en venger en imbécile ,
    Il s'étrangla de désespoir.
Enfin , tu vois encore au rang des incurables,
    Hector avec Agamemnon ;
Ils seraient tous les deux mieux logés chez Pluton ,
Si, sur terre , ils avaient fait un peu moins les diables.
    Pour ces minois frais et joufflus ,
Qu'on distingue aisément à leur air de jeunesse ,
Ce sont ceux des héros fameux par leurs vertus.
Parmi ces bienheureux , que le nectar engraisse ,
Considère, mon fils , le vieux prince Inachus :
    Plus léger qu'un sauteur de corde ,
    Quand il danse il le fait au mieux ;
    S'il prend sa lyre, et s'il l'accorde ,

Il enchante aussitôt les oreilles des dieux ;
Sa voix les ravit, et sa bave
Est du sirop de betterave.
Tu vois de ce côté, l'Egyptien Cécrops
Qui régna le premier dans la ville d'Athènes ;
Comme ce qu'il y fit ne rime pas à *crops* ;
Il suffit de savoir qu'il a fini ses peines.
Maintenant regarde Ericthon,
Cet inventeur de la monnaie :
Bien des gens voudraient que Pluton,
Pour le payer d'un si beau don,
Dans les enfers l'eût traîné sur la claie ;
Mais comme l'avare Caron,
Vu l'obole, y trouva son compte,
Il dit, pour l'excuser, qu'il en avait eu honte.
Télémaque en ces lieux reconnut Sésostris ;
Puis il y vit Bélus, Dioclide, Eunésime,
Qui, tous trois couronnés de fleurs de pissenlits,
Pour se désennuyer, jouaient la pantomime.
Quand le spectacle fut fini,
Télémaque partit fort content de la pièce,
Et rentra dans le camp avec la même adresse
Qu'il en était sorti.
Cependant les chefs de l'armée
N'étaient plus que des radoteurs,
Qui, dans tous les conseils, perdant leur renommée,
Déraisonnaient sur toutes les couleurs.
Il fallait décider si l'on prendrait Vénuse,
D'où l'on pouvait plutôt frotter les ennemis :
Un Vénusien avait promis,

D'y faire entrer les alliés par ruse.

Déjà les chefs étaient de cet avis ;

Mais Télémaque fut d'un sentiment contraire ;

Et comme cette ville était neutre en l'affaire,

  Il leur prouva par A plus B,

  Que le trait serait d'un corsaire,

Disant qu'il aimait mieux voir tout le camp flambé,

Que d'imiter Adraste, en suivant sa manière,

De se moquer de tout, soit en paix soit en guerre ;

Or, comme on n'avait rien à répondre à cela,

  Il fallut en passer par là.

   Un jour, certain transfuge,

Envoyé dans le camp par le roi des Dauniens,

Y vint comme forcé d'y chercher un refuge ;

Mais, en effet, pour trouver les moyens

  D'empoisonner le fils d'Ulysse.

Acante, ce transfuge, avait pour son complice,

Un autre scélérat qu'on nommait Arion,

Et qui, pris, avoua toute la trahison.

Pour Acante, il nia d'avoir eu part au crime,

  En sorte que, sans preuve intime,

On ne pouvait lancer l'arrêt de pendaison.

Cependant tous les chefs, comme d'intelligence,

  Opinèrent pour la potence,

  En ajoutant que si jamais

  On découvrait son innocence,

On pourrait, dans ce cas, reviser son procès.

  Fort bien jugé ! s'écria Télémaque ;

Mais ce n'est pas ainsi que le Dauphin d'Ithaque

  Prétend agir envers ce prévenu :

Je veux l'interroger, avant qu'il soit pendu.
Aussitôt devant lui le faisant comparaître,
    Il lui promit, s'il se déclarait traître,
        Qu'il ne serait que déporté ;
Sur quoi, crainte de pis, abandonnant son rôle,
Acante s'accusa d'être en effet le drôle
A qui ce guet-apens devait être imputé.
A l'instant chaque juge en se levant s'écrie :
Il avoue !.... (*habemus confitentem reum !*)
Oui, dit Partout-Rôdant, mais je suis (*ego sum*)
Contraint, par ma promesse, à lui laisser la vie.
        Un autre jour, il arriva
Qu'un Daunien dont Adraste avait volé la femme,
    Et qui voulait l'étrangler pour cela,
        Tant il enrageait en son âme,
        Sans être *battu* ni *content*,
        D'être au moins ce *qu'on dit avant*,
Vint au camp dans l'espoir d'intéresser la ligue
        A le venger de cette intrigue.
Dioscore (c'était le nom de ce Daunien),
        Pour réussir dans son affaire,
    Aux alliés proposa ce moyen :
Si d'Adraste, dit-il, vous voulez vous défaire,
Je suis votre homme, et je réponds de tout ;
Ayez soin seulement de fondre tout-à-coup
        Sur les troupes de cet infâme,
        Pour qu'au milieu de la confusion,
Je puisse l'éventrer, et reprendre ma femme.
Tout le conseil goûta la proposition ;
Mais Télémaque, outré de cette perfidie,

                                                Fit

Fit voir aussi clair que le jour ;
Que si l'on se mêlait d'une telle infamie,
Toute la Grèce et toute l'Hespérie,
Les montreraient au doigt pour un si vilain tour.
Il conclut donc à ce que Dioscore,
Contre le roi daunien bien loin d'être employé,
Sur-le-champ lui fût renvoyé,
Pour qu'il sût que les rois se refusaient encore
A le traiter de turc-à-more.
On eût gagé cent contre deux,
Qu'Adraste en admirant un trait si généreux,
Envers les alliés deviendrait plus traitable ;
Mais il était indécrottable ;
Et comme, d'un autre côté,
Le traître n'était point capable
De l'emporter sur eux en générosité,
Pour les payer de leur soin charitable,
Il s'apprêta le lendemain,
A les vaincre, du moins, les armes à la main.
Quand Télémaque vit qu'il fallait en découdre,
Il appela chaque soldat,
Prit ses armes, courut au magasin à poudre,
Et bientôt tout fut prêt pour ce nouveau combat.
Déjà les tirailleurs étaient en pleine attaque :
O grand Jupin ! s'écria Télémaque,
Tu vois que cet Adraste est un fieffé vaurien ;
Que sa cause est mauvaise, et qu'il n'est pas moyen,
D'apprivoiser un pareil homme ;
Si tu permets que je l'assomme,
Et que je sois victorieux,

Foi de Partout-Rôdant, je te promets cent bœufs.
Il dit, et saisissant son cheval de bataille,
Il l'enfourche, il s'élance ; et sur les ennemis,
     Dont son bras fait un abatis,
Il frappe à droite, à gauche, et d'estoc et de taille.
Le premier combattant qui tomba sous sa main,
     Etait le géant Périandre,
     Qui, sur lui levant son gourdin,
     Lui cria qu'il allait apprendre
Comment on caressait le dos d'un muscadin.
     Le butor eût été bien aise,
     Qu'en effet son coup de bâton,
Eût rendu Télémaque aussi plat que punaise ;
Mais le jeune guerrier, trouvant qu'il était bon
De ne pas recevoir ce coup sur le chignon,
     L'esquiva ; puis, comme un *Saint-George*,
Ripostant à son homme, il lui coupa la gorge.
     Aussitôt il cherche, des yeux,
     Adraste qui, dans la mêlée,
     Porte des coups de furieux ;
     Mais avant d'atteindre ce gueux,
   Dans les enfers il précipite Hylée,
Le valeureux Crantor, le fier Démoléon,
     Le lutteur Ménécrate,
Cléante l'amoureux, l'adroit Hippocoon,
Le chasseur Eurimède et le fort Nicostrate.
     Adraste, qui, de son côté,
     Cherchait aussi le fils d'Ulysse,
     Dans sa course était escorté
Par trente hommes, chargés de juguler d'office ;

Ce héros qu'il traitait de mirmidon botté.
    Soudain, croyant l'entendre
Commander en personne, au fond d'un chemin creux,
Où mille combattans se gourmaient de leur mieux,
    Il y vola pour le pourfendre ;
Mais au lieu d'y trouver l'ennemi qu'il cherchait,
Il vit le vieux Nestor qui, tentant l'impossible,
Pour faire comme un autre, et se rendre terrible,
A grands coups de talons crevait son bourriquet.
    Adraste aurait au centenaire
    Fait mordre à l'instant la poussière ;
Mais ayant vu de loin, venir à pas de loup,
Philoctète apprêtant une flèche d'Hercule,
    Pour lui percer la clavicule,
Il ne songea dès lors qu'à se garer du coup.
    Dans le moment où Philoctète
    Ajustait son trait d'arbalète,
Un certain Amphimaque, aussi beau que pendard,
Lui planta dans la fesse un bon tiers de son dard ;
Ce qui fit que, l'ayant éventré pour sa peine,
    Le héros, qui sentait son mal,
    Se vit forcé d'abandonner la plaine,
    Pour s'en aller à l'hôpital.
Alors tout prend la fuite : Adraste, dans sa rage,
Des fuyards éperdus fait un affreux carnage.
Ptérélas, Eusilas, le Narcisse Eutiphron,
    Le Protée Aristogiton,
Et le fils de Nestor (le vaillant Pisistrate),
Les seuls qui, dans ce cas, auraient pu tenir bon,
Avaient eu le malheur de tomber sous sa patte,

Et s'étaient fait briser les os ,
En défendant l'ânon du vieux roi de Pilos.
A peine Télémaque eut vu la débandade ,
Qu'il courut aux fuyards , leur barra le chemin ,
　　Puis s'emparant d'un cornet à bouquin ,
Pour mieux se faire entendre en pareille embassade ,
　　Parvint avec ce porte-voix ,
A les rallier tous pour la seconde fois.
Le bruit de ce cornet fit un effet unique ;
Car tandis qu'il rendait le courage aux Pyliens ,
Il effraya si fort les bataillons dauniens ,
Qui n'apercevaient pas l'instrument de musique ,
Qu'ils s'arrêtèrent court , ne sachant si c'était
　　Le diable ou non qui s'en mêlait.
Cependant quand Adraste eut vu que Télémaque ,
Voulant mettre à profit ce moment de terreur ,
Venait pour le combattre , il reprit sa fureur ,
　　Grinça les dents ; puis , au Dauphin d'Ithaque
　　Lança son dard pour le percer au cœur ;
　　　Mais avec l'immortelle égide ,
　　　Télémaque l'ayant paré ,
　　Le roi daunien , comme un désespéré ,
　　　Sur cet adversaire intrépide ,
Qui fait de son côté la moitié du chemin ,
　　　S'élance la flamberge en main.
Alors tous les guerriers , ayant mis l'arme à terre ,
Et loin des champions se tenant à l'écart ,
Regardent le combat pour voir en cette affaire ,
　　　Qui des deux mangera le lard.
Soudain , le fer se croise ; il s'avance , il s'écarte ;

Coups lancés, coups parés; chacun des combattans,
Egalement retors sur la tierce et la quarte,
Ferraille comme il faut pendant quelques instans;
Mais furieux enfin, de perdre ainsi leur tems;
Et pensant qu'ils seront plus heureux à la lutte,
Tous deux baissant la pointe, et se prenant au corps,
　　　　Cherchent, par mille efforts,
A s'obliger l'un l'autre à faire la culbute.
Adraste était si fort, qu'un sapeur des cent-suisses
Auraient eu de la peine à le faire broncher;
Mais Télémaque alors, pour pouvoir le coucher,
Se baisse, et lui passant sa tête entre les cuisses,
Dès qu'il est enlevé comme sur un dada,
Le fait aller s'étendre à quatre pas de là.
Quand le roi des Dauniens se vit sur la poussière,
Et près d'être égorgé sans nul ménagement,
　　　　Il trembla pour sa jugulaire,
Et faisant l'hypocrite, il s'écria : vraiment,
Je conviens que je suis un mauvais garnement;
Que jusqu'ici vingt fois j'ai mérité la corde;
　　　　Mais comme un vieux proverbe dit :
　　　　A tout pécheur miséricorde;
O fils d'Ulysse! il faut, me trouvant si contrit,
　　　　Que par pitié ton bras m'accorde
　　La faculté de mourir dans mon lit.
　　　　Eh bien donc! qu'à cela ne tienne,
Répondit Télémaque avec compassion;
Mais comme je te crois sujet à caution,
Voici, ce qu'en revanche, il convient que j'obtienne :
Que ton fils Métrodore, ainsi qu'une douzaine

Des plus gros seigneurs de ta cour ;
Avant la fin du jour ,
Me soit envoyé pour otage ,
Afin que , désormais , sur ta foi de Carthage ,
On n'ait plus à s'attendre à quelque nouveau tour.
A ces mots , il s'approche ;
Et , pour adoucir ce reproche ,
En signe d'amitié déjà lui tend la main ,
Quand Adraste , soudain ,
Pour le payer d'un si beau zèle ,
Et d'un pardon , pour ce gueux si peu fait ,
D'un coup de pistolet ,
S'avise de vouloir lui brûler la cervelle ;
Mais l'arme ayant raté , Télémaque en fureur ,
Sans écouter encor quelques défaites vagues ,
Que , pour sauver ses jours , profère l'imposteur ,
Le saisit au toupet , et l'enfile , en vainqueur ,
Comme un anneau de jeu de bagues.

FIN DU CHANT SEPTIÈME

SOMMAIRE DU CHANT HUITIÈME.

ADRASTE étant mort, les Dauniens tendent les mains aux
alliés en signe de paix, et leur demandent un roi de leur nation.
Nestor, inconsolable d'avoir perdu son fils, s'absente de l'assemblée des chefs, où plusieurs opinent qu'il faut partager les pays
des vaincus, et céder à Télémaque le terroir d'Arpi. Bien loin
d'accepter cette offre, Télémaque fait voir que l'intérêt commun
des alliés est de choisir Polydamas pour roi des Dauniens, et de
leur laisser leurs terres. Il persuade ensuite à ces peuples de donner la contrée d'Arpi à Diomède, survenu fortuitement. Les
troubles étant ainsi finis, tous se séparent pour s'en retourner
chacun dans son pays. Télémaque, arrivant à Salente, est surpris
de voir la campagne si bien cultivée, et de trouver si peu de
magnificence dans la ville. Mentor lui explique les raisons de ce
changement, lui fait remarquer les défauts qui empêchent d'ordinaire un état de fleurir, et lui propose pour modèle la conduite et le gouvernement d'Idoménée. Télémaque ouvre ensuite
son cœur à Mentor, sur son inclination d'épouser Antiope, fille
de ce roi. Mentor en loue avec lui les bonnes qualités, l'assure
que les dieux la lui destinent; mais que présentement il ne doit
songer qu'à partir pour Ithaque, et qu'à délivrer Pénélope des
poursuites de ses prétendans. Idoménée, craignant le départ de
ses deux hôtes, propose à Mentor plusieurs affaires embarrassan-
tes, l'assurant qu'il ne pourra les régler sans son secours. Mentor
lui explique comment il doit se comporter, et tient ferme pour
ramener Télémaque. Idoménée essaie encore de les retenir, en
excitant la passion de ce dernier pour Antiope : il les engage dans
une partie de chasse, où il veut que sa fille se trouve. Elle y
serait déchirée par un sanglier, sans Télémaque qui la sauve. Il
sent ensuite beaucoup de répugnance à la quitter, et à prendre

congé du roi son père; mais étant encouragé par Mentor, il surmonte sa peine, et s'embarque pour sa patrie. Pendant leur navigation, Télémaque se fait expliquer par Mentor plusieurs difficultés sur la manière de bien gouverner les peuples, entre autres celle de connaître les hommes, pour n'employer que les bons, et n'être point trompé par les mauvais. Sur la fin de leur entretien, le calme de la mer les oblige à relâcher dans une île où Ulysse venait d'aborder. Télémaque l'y voit et lui parle sans le connaître. Mais après l'avoir vu embarquer, il sent un trouble secret dont il ne peut concevoir la cause. Mentor la lui explique, le console, l'assure qu'il rejoindra bientôt son père, et éprouve sa piété et sa patience, en retardant son départ pour faire un sacrifice à Minerve. Enfin la déesse, cachée sous la figure de Mentor, reprend sa forme et se fait connaître. Elle donne à Télémaque ses dernières instructions, et disparaît. Télémaque arrive à Ithaque, et retrouve Ulysse, son père, chez le fidèle Eumée.

CHANT

CHANT HUITIÈME.

———

Dès que le roi daunien fut mort de ce coup-là,
Ses troupes, estimant que la botte était bonne,
Dirent, à haute-voix, qu'il méritait cela,
     Comme un gueux l'aumône ;
  Et, pour prouver qu'ils désiraient la paix,
Se mirent à danser, les mains dans leurs goussets,
  Pour Métrodore, en voyant tous ses braves
  Le planter là pour faire les pantins,
Il s'enfuit, mais bientôt, il reçoit dans les reins
  Un maître-coup, dont un de ses esclaves
  Sur le carreau vous l'étend raide-mort,
Le tout, pour l'empêcher de décamper si fort.
    Le moyen n'était pas trop bête ;
    Mais comme notre malotru
  S'imagina de lui couper la tête,
Pour en faire aux vainqueurs un cadeau de son crû,
    Loin d'obtenir le bénéfice
Qu'il espérait tirer d'un aussi bon office,
    Il fut, par eux, pris et pendu.
Cependant les Dauniens firent une supplique,
Où, vu que Métrodore ainsi décapité,
    Était censé deshérité,

                   23

Ils demandaient, pour clause unique,
A faire entrer dans le traité,
Qu'on leur laissât choisir un roi de leur fabrique.
Avant de prononcer sur un sujet pareil,
Il fallait réfléchir sur le pour et le contre ;
Or, comme de tout tems la nuit porta conseil,
Chacun des rois ligués, en voyant à sa montre,
    Qu'il était l'heure du sommeil,
Dit : nous verrons, demain, cette affaire au soleil.
En effet, pour la voir au plutôt terminée,
    Tous les chefs, dans la matinée,
    Le lendemain s'assemblèrent au camp ;
    Mais comme alors Partout-Rôdant
    S'occupait à griller la rate,
        De Pisistrate,
    On attendit qu'il fût présent
        Pour ouvrir la séance,
    Et lui donner, en cette circonstance,
    La sonnette du président.
    Dès qu'il parut dans l'assemblée,
Pour marque de respect, chacun se tut d'emblée,
    Si bien qu'on eût, pensant à l'écouter,
Entendu dans la salle une souris trotter ;
Mais comme cet accueil blessait sa modestie,
Et pour mieux couper court à toute flatterie,
    Il s'écria : mes beaux seigneurs,
    Vous me gênez par tant d'honneurs,
    Traitez-moi sans cérémonie.
    Cela dit, on ne parla plus
Que de donner un chef aux ennemis vaincus ;

Mais comme on craignait que ce prince
    N'eût encor trop d'une province,
Il fut délibéré, par la plupart des rois,
Qu'on ne lui laisserait que des coques de noix.
La part du roi futur se trouvant ainsi faite,
    Et le pays étant fort beau,
    Il leur passa par le cerveau
De se le partager comme une tartelette.
    On offrit à Partout-Rôdant
La province d'Arpi, si fertile en vin blanc,
Que deux fois par année on y fait la vendange.
    Vous serez ici comme un ange,
Lui disaient tous les chefs; laissez votre taudis:
Ithaque n'est qu'un trou, votre père est occis,
Et Pénélope.....O ciel! s'écria Télémaque,
Que dites-vous, Messieurs? je tiens à ma baraque;
    Et, là-dessus, il leur fit un discours
Qui leur prouva tout clair qu'ils étaient des balourds.
Il venait de leur dire : il faut que je m'en aille,
Pour savoir si mon père est enfin revenu,
    Quand soudain il fut prévenu
    Qu'un étranger de belle taille,
Suivi d'hommes armés de pistolets de paille,
    Jusqu'au camp était parvenu.
Messieurs, ne craignez rien, s'écria Télémaque;
On est mieux équipé quand on marche à l'attaque :
Qu'on m'amène cet homme, et qu'on sache à l'instant,
    Si ce n'est pas le juif-errant.
Je cours tout comme lui, s'écria Diomède,
    En entrant avec un air raide ;

Je suis aussi barbu, j'ai les cheveux plus roux ;
Et si, dans quelque chose, il faut que je lui cède,
      C'est qu'à moi je n'ai pas cinq sous.
C'est moi qui devant Troie, osai contre la Grèce
Gager qu'une immortelle était de chair et d'os ;
Et qui, pour le prouver sans un plus long propos,
      Ecorchai Vénus à la fesse.
    Depuis ce tems, et pour ce tour d'adresse,
    Je me la suis tout-à-fait mise à dos ;
      Sa fureur me poursuit sans cesse,
      Et me ravit jusqu'à l'espoir
De retourner jamais à mon ancien manoir.
Si vous avez un cœur qui ne soit pas de pierre,
Vous nous accorderez un petit coin de terre ;
      Ne fût-il que d'un seul arpent,
      N'importe, et pourvu que j'y règne,
Du monde je serai l'homme le plus content.
    Touchez là, dit Partout-Rôdant,
    Nous logeons à la même enseigne :
    On m'a beaucoup parlé de vous ;
    Pour moi je suis ce Télémaque,
    Fils d'Ulysse et Dauphin d'Ithaque,
A qui Vénus aussi fait sentir son courroux.
    Puis, se tournant vers le conseil suprême :
Si ces Messieurs, dit-il, adoptent mon avis,
      Et vous accordent le pays
      Que l'on m'offrait à l'instant même,
Vous serez arrivé comme Mars en carême.
      Il proposa de plus,
    Aux principaux chefs de la ligue,

De faire choix pour les vaincus,
D'un roi dont on n'eût pas à redouter d'intrigue ;
Mais qui pourtant aussi fût un peu plus qu'un as :
Il nomma donc Polydamas,
Assurant qu'il savait, de science certaine,
Qu'il était honnête homme et très-grand capitaine.
Alors dans le conseil s'élève une rumeur,
Un tintamarre à faire peur :
L'un dit qu'un roi guerrier serait trop roi de pique,
L'autre, qu'on risquerait à prendre un roi de cœur ;
Aux voix ! s'écrie un autre à gagner la colique ;
Et tous opinent du chapeau
En faveur d'un roi de carreau.
Jouons-nous au piquet, et suis-je à la buvette ?
Repartit Télémaque en branlant sa sonnette ;
Eh bien ! à ce jeu là, je veux, puisqu'il le faut,
Faire chacun de vous pic, repic et capot.
A cela ne sachant que dire,
Dans l'instant même on s'empressa d'élire
Polydamas, roi des Dauniens,
Et d'installer aussi Diomède et les siens.
Cet arrangement fait, chacun graissa ses bottes,
Et Télémaque ayant, pour la dernière fois,
Du vieux Nestor baisé les mains ragottes,
Embrassé son baudet, et pris congé des rois,
Partit accompagné du restant des Crétois.
Notre jeune héros brûlait d'impatience
De retrouver Mentor chez le roi Salentin,
Et d'en partir en diligence,
Pour se rendre au pays sur quelque brigantin.

Quand il s'approcha de Salente ;
Il fut plus étonné que trenté,
En voyant que les champs,
Qui naguère étaient sans culture,
Avaient en aussi peu de tems,
Tellement changé de figure,
Qu'à que le chose près,
On les eût pris d'abord ur des jardins anglais.
Ce fut bien pire en e nt dans la ville ;
Et quand il vit le Salentins
Devant lui passer à la file,
Avec leurs habits d'arlequins,
D'enfans-bleus et de capucins,
Et Mentor même en costume le gille,
Il pensa qu'à Salente on faisait carnaval,
Et ne sut s'il devait le trouver bien ou mal.
Cependant, quand il eut du vieux Idoménée
Reçu les baisers de parrain,
Sur la barbe à Mentor il déposa soudain
La part de bave à lui donnée
Par le roi salentin ;
Puis, désirant juger des effets par leurs causes ,
Il demanda pourquoi dans la ville et les champs ,
Il s'était opéré céans
Tant de métamorphoses.
Mentor alors, dans un fort beau discours,
L'instruisit de fil en aiguille ;
Et sut, par ce moyen, lui faire faire un cours ,
Qui lui prouva qu'un peuple, avec la songuenille,
Est plus heureux s'il sait planter des choux ,

Que celui chez qui l'argent brille ,
Et dont les champs ne valent pas deux sous.
Le lendemain , voulant lui parler du costume ,
Il s'aperçut que , contre sa coutume ,
Partout-Rôdant était distrait ,
Et que même il poussait
Des soupirs gros comme une enclume.
Alors il désira d'en savoir la raison ,
Et Télémaque ainsi lui parla sans façon :
Quiconque , cher Mentor , vous aura vu construire ,
En moins d'une heure , un superbe navire ,
Ne trouvera point surprenant
Ce que vous avez fait ici pendant la guerre ,
Et quoique tout cela sente la gibecière ,
Y croire enfin , comme on croit en voyant ;
Mais ce qu'il traitera de pure craquerie ,
C'est qu'en deux mois de tems ,
Idoménée ait pu , sans un peu de magie
Ou de sorcellerie ,
Faire une fille de quinze ans ,
Qui n'avait pas encor donné signe de vie !....
Quoi qu'il en soit , mon cher , Antiope à ses lois
M'a soumis pour jamais ; et si , le jour des rois ,
Dans ma part de gâteau , par une heureuse aubaine ,
Il me tombe la fève , elle sera ma reine.
Ce qui me plait en elle , et m'a le plus flatté ,
C'est qu'outre mainte qualité ,
(Sans compter même l'ignorance
Où ma belle paraît être de sa beauté),
Elle sait garder le silence ,

Et sur celle d'autrui régler sa volonté.
J'en conviens, dit Mentor, c'est une fille rare,
Et qui mérite bien qu'on en soit amoureux :
　　　Oui ; mais , nom d'un cigare !
N'oubliez pas qu'il faut s'en tenir aux coups d'yeux,
Et qu'Ulysse, pour vous, l'obtenant de son père,
　　　Peut seul, un jour, terminer cette affaire ;
Or, comme je réponds de son consentement,
Pour l'obtenir plutôt, décampons à l'instant.
Le roi des Salentins, soupçonnant que ses hôtes,
　　　De chez lui voulaient déguerpir ,
　　　Chaque jour se grattait les côtes
Pour trouver un moyen de les y retenir.
　　　Tantôt c'était une charade,
　　　Ou quelque énigme à deviner ;
Tantôt un logogriphe, à pouvoir retourner
L'esprit d'un amateur comme un plat de salade ;
Mais voyant que Mentor, passé maître en rébus,
Lui donnait, sur-le-champ, le mot de ces bibus,
　　　Il voulut, d'une autre manière,
Les empêcher tous deux de tourner le derrière :
Il avait remarqué que mons Partout-Rôdant,
Pour sa fille Antiope avait certain penchant ;
　　　Or, comme la princesse
Joignait à mille attraits, dont brillait sa jeunesse,
　　　Un vrai gosier de rossignol,
Pour charmer ce héros, et croître sa tendresse,
Il lui fit, de son mieux, chanter ré-mi-fa-sol.
Si l'on eût conservé cette voix en bouteilles,
Celles de l'Opéra, qui chez nous font merveilles,

　　　　　　　　　　　　　Ne

Ne ressembleraient plus qu'aux sons d'un mirliton ;
Aussi, pour échapper à la séduction,
Télémaque à l'instant se boucha les oreilles.
Le roi, qui n'avait pu, par ce nouveau moyen,
      Venir à bout de son dessein,
Pour arrêter Mentor qu'il voyait si tenace,
Commanda les apprêts d'une superbe chasse :
Il espérait que là, loin de son précepteur,
Télémaque charmé des appas de sa fille,
      Et lui donnant son cœur,
Pourrait lui déclarer qu'il la trouvait gentille ;
Qu'il la voulait pour femme, et que cent camouflets,
Ne sauraient le forcer à la quitter jamais.
      Antiope, à cette nouvelle,
Ne voulut point chasser, fit la mine et pleura,
Disant que si jamais la fortune cruelle
Lui faisait, par malheur, manquer une hirondelle,
      Télémaque, en voyant cela,
      Ne ferait pas plus de cas d'elle,
      Que de ses chants en ré-mi-fa.
Cependant il fallut obéir au papa :
Sur son plus beau cheval soudain elle s'élance,
      Elle part, et bientôt s'avance
Au milieu d'un essaim de quinze ou vingt beautés,
      Dont les dadas fringans trottent à ses côtés.
Or, comme elle n'est plus dans le fond d'une boite,
Chacun la voit, ne peut se lasser de la voir ;
Et le roi qui, dès lors, la prend pour son miroir,
Oublie en la voyant, qu'il est goutteux, qu'il boite,
Et qu'à peine il se tient sur son vieux roussin noir,

                24

Partout-Rôdant, charmé des grâces de sa mie,
   De son côté, pour l'admirer au mieux,
     Ne peut ouvrir d'assez grands yeux,
Et plus qu'Idoménée en a l'âme ravie.
Cependant les limiers poursuivaient un gros chat,
    Non pas de ceux qui font la guerre
    Au seul gibier de souricière,
Ou qui bornent leurs vœux à lécher quelque plat ;
Mais un vrai vagabond, un fieffé scélérat,
Qui ne laissait passer aucun jour de l'année,
Sans croquer quelque poule au vieux Idoménée.
Contre lui la princesse en avait sur le cœur ;
Or, voulant de sa main, punir ce maraudeur,
Elle pique des deux, et quand elle en est proche,
L'atteignant, comme il faut, d'un trait qu'elle décoche ;
     Voilà notre matou
    Enfilé par la peau du cou.
   Son poil se dresse, il miaule, il jure,
    Il se roule, il fait le gros dos,
Il bondit de fureur ; mais plus il fait de sauts,
    Plus il agrandit sa blessure,
   Et, dans sa peau, sent le dard engagé :
    Son œil s'enflamme, il devient enragé,
    S'accroche au cheval d'Antiope,
    Qui soudain se cabre, galope,
Désarçonne la belle, et de cette façon,
    La jette, à plat, sur le gazon.
Hélas ! c'en était fait de la pauvre princesse,
Et Rominagrobis allait la déchirer,
Quand, frappé du péril que courait sa maîtresse,

Télémaque gagna le matou de vitesse,
Et lui lançant un dard, parvint à l'éventrer,
　　Alors il lui coupe la tête,
　　Le dépouille, et quand il a fait,
L'offrant à l'amazone, à qui ce cadeau plaît :
　　Voilà, lui dit-il, une bête,
Madame, propre à faire un excellent civet ;
　　A quoi le vieux Idoménée
S'empresse d'ajouter, qu'il est sûr et certain
Qu'une fois à la broche, et bien assaisonnée,
Cette bête, sans tête, aura l'air d'un lapin.
Mentor, qui de coutume, avalait l'ambroisie,
　　Répugnait à manger du chat ;
　　Et pour s'opposer à l'envie
Que Télémaque avait de tâter de ce plat,
　　Il résolut de partir au plus vite,
　　Lui disant qu'arrivés au gîte,
　　Pénélope leur servirait
Un ragoût préférable à ce maudit civet.
　　　　A ces mots, Télémaque,
Qui croit déjà sentir la cuisine d'Ithaque,
Se décide à le suivre, et dès le lendemain,
Va faire ses adieux au bon roi salentin.
Ce départ consterna le pauvre Idoménée,
D'autant qu'il avait mis dans ses arrangemens,
Que, sous l'espoir de l'hyménée,
Il pourrait, à sa cour, le garder plus long-tems.
Je reviendrai vous voir une fois chaque année,
Lui dit Mentor ; ainsi, ne vous affligez plus ;
Mais du destin tels sont les arrêts absolus,

Qu'il faut que Télémaque, avant son mariage,
    S'assure par ses propres yeux,
    Qu'en dépit des flots et des dieux,
Ulysse, de retour de son fameux voyage,
A toujours, d'un côté, la moitié du visage.
Alors Idoménée, espérant qu'un beau jour,
L'hymen acheverait l'ouvrage de l'amour ;
Et que pour l'emmener danser à cette noce,
Mentor viendrait bientôt le chercher en carosse,
Ordonna qu'à nos Grecs il fût enfin permis
    De retourner dans leur pays :
Sur quoi, prenant congé de la fille et du père,
Ils gagnent leur vaisseau sans un plus long sursis,
S'embarquent pour Ithaque.... et vogue la galère.
Le rivage déjà semblait fuir devant eux ;
Or, pour rendre le tems un peu moins ennuyeux,
    Mentor et Télémaque
Se mirent à parler du royaume d'Ithaque,
    Et du moyen d'y faire des heureux.
    Jamais, sur pareille matière,
On n'entendit causer avec plus de talens ;
Et je voudrais pouvoir (il faut être sincère),
Redire, en vers pompeux, ces discours éloquens ;
Mais comme j'aurais peine à me tirer d'affaire,
    Je vais, ici, sans tant de frais,
Pour arriver plutôt, aller tout droit aux faits.
Au moment où Mentor sur cet objet disserte,
Télémaque aperçoit un vaisseau phéacien,
Qui vient de relâcher près d'une île déserte,
    Dans laquelle on ne trouve rien

Qu'une terre inculte et sauvage,
Et des rochers plus hauts qu'un quatrième étage.
Soudain les vents, refusant leur appui,
Semblent s'être fourrés dans le fond d'un étui;
Au point que tout effort devenant inutile
Pour pousser en avant le vaisseau salentin,
Nos deux Grecs sont forcés d'aborder en cette île,
Avant que de pouvoir se remettre en chemin.
Télémaque en posant le pied sur le rivage,
Se trouva nez à nez avec un inconnu,
Qui du bord phéacien, dans l'île descendu,
Attendait comme lui, pour quitter cette plage,
Que le bon vent fût revenu.
Pourriez-vous, lui dit-il, me rendre un bon office ?
Ce serait de m'apprendre, et cela sans rébus,
Si par hazard le grand Ulysse
Est à la cour d'Alcinoüs.
L'inconnu, qui jamais ne faisait de harangue,
Sans avoir, comme on dit, tourné sept fois sa langue,
Se recueillit d'abord, puis comptant par ses doigts,
Dit qu'Ulysse en était parti depuis trois mois,
Dans l'espoir qu'il pourrait aborder en Ithaque;
Et, là-dessus, plantant là Télémaque,
Il courut s'enfoncer dans l'épaisseur d'un bois.
Partout-Rôdant, surpris d'un pareil laconisme,
Et de ce virevousse un tant soit-peu brutal,
Croit d'abord qu'en dépit de son air d'héroïsme,
L'étranger peu causeur, n'est qu'un original;
Cependant bientôt il a honte
De juger si légèrement

Celui pour qui son cœur éprouve un sentiment
    Dont il ne peut se rendre compte.
Il est vrai, disait-il, qu'il ne rit pas toujours ;
Mais hélas ! le pauvre homme a des chagrins, sans doute ;
Et pour peu qu'il se trouve attaqué de la goutte,
En voilà bien assez pour avoir l'air d'un ours.
Je trouve, dit Mentor, cette phrase à sa place :
Si vous m'eussiez, ici, parlé d'autre façon,
J'aurais dit que la pelle avait mauvaise grâce
A vouloir, aujourd'hui, se moquer du fourgon ;
Mais vos propres malheurs vous ont rendu sensible ;
Et lorsque bien des gens auraient trouvé risible
Le ton et le départ du farouche inconnu,
Vous le plaignez du sort qui l'a rendu bourru :
Cela me plaît si fort, et ma joie en est telle,
Que je veux être un mois sans vous chercher querelle.
Mentor avait à-peine achevé ce discours,
Que vers les Phéaciens l'inquiet Télémaque
S'avança, dans l'espoir qu'il conservait toujours,
Qu'on pourrait l'informer du sort du roi d'Ithaque ;
Mais n'ayant, sur cela, rien pu savoir de mieux
Que ce qu'en avait dit l'étranger soucieux,
    Il borna son enquête
A demander quel homme était cet inconnu
    Qu'à-peine il avait entrevu.
Alors un Phéacien, qui se mit dans la tête
    De lui faire avaler tout cru
    Un poisson d'avril sans arête,
Lui dit : cet étranger se nomme Lustucru.....
    Un oracle, avant sa naissance,

Prédit un jour, que le pays
Où devait s'échapper son premier vent coulis,
　　Pouvait être assuré d'avance
De crever de la peste, ou d'en courir la chance :
Or, pour sauver la vie à tant d'infortunés,
On lui boucha l'endroit, où certaines commères,
Qui le mettent pourtant dans bien d'autres affaires,
　　　Ne voudraient pas fourrer leur nez.
　　　Depuis ce tems il court sans cesse ;
　　　Et semblable à ce perroquet,
Qui dans un cas pareil, comme lui s'exprimait,
　　　Lorsque certain besoin le presse,
Il s'enfuit en criant : *cu cousu, ma maîtresse.*
A ce vrai conte-bleu du Phéacien craqueur,
Télémaque étonné, jure sur son honneur,
Qu'il n'a vu de sa vie une infortune égale
A celle dont le sort, plus méchant que la gale,
A frappé Lustucru dans son postérieur.
　　　Pour moi, disait-il en lui-même,
Si jusqu'à ce moment le destins m'ont trompé,
Au moins ne m'ont-ils pas, dans leur rigueur extrême,
　　　Réduit à vivre en constipé.
Cependant l'étranger, entendant du navire
　　　La voile enfin faire *flou-flou,*
Se sentit plus léger qu'Apollon ou Zéphire,
Et prit, pour s'embarquer, ses jambes à son cou.
　　　Déjà le vaisseau qui l'emporte,
　　　A tous les yeux a disparu,
Que Télémaque encor, pensant voir Lustucru,
Ne cesse de maudire un guignon de la sorte.

Convenez donc, lui dit Mentor,
Que la nature est une belle chose,
Puisque c'est elle qui vous cause
Ce que pour l'étranger vous ressentez encor!
Cet inconnu, mon cher, est votre père Ulysse :
Ce qu'on vous en a dit n'était qu'un artifice
Inventé tout exprès pour cacher son retour
          A la cour ;
Car ce soir, dans Ithaque, et comme à l'ordinaire,
Il fera ce qu'on sent que jamais Lustucru,
          D'après l'oracle prétendu,
          Sans accident ne pourrait faire.
          Parbleu ! lui dit Partout-Rôdant,
          Je vous trouve un homme admirable :
Eh quoi ! lorsque le sort, devenu plus traitable,
Vient planter devant moi, mon père tout grouillant,
          Vous souffrez qu'un mauvais plaisant
Le fasse ici passer pour un vieil incurable !
          Vous raisonnez comme un benêt,
Lui répondit Mentor, et je prouve le fait :
          Hier encor, dans votre impatience,
Vous eussiez volontiers promis un milliard,
          Hypothéqué sur le brouillard,
A quiconque aurait pu vous donner l'assurance,
          Que, sur les bords de l'Achéron,
Ulysse n'avait pas à l'avare Caron
          Fait pour toujours la révérence ;
Aujourd'hui cependant, qu'un fortuné destin,
En vous le faisant voir, vous a rendu certain
          Qu'il n'est pas gobé par les mouches,
                                        Vous

Vous gémissez, morbleu ! comme une femme en couches :
    Apprenez donc qu'en sortant du vaisseau,
Votre père m'ayant témoigné, par un signe,
    Qu'il désirait garder l'incognito,
Je n'étais pas assez dépourvu de cerveau,
Pour aller, à son nez, violer la consigne.
Télémaque, à cela, lui répondit : bravo !
Mais quoi ! faut-il encor, sur la terre et sur l'onde,
Pour courir après lui, faire le tour du monde ?
        Il ne s'agit plus de cela,
Lui dit Mentor : Ulysse a fini son voyage,
        Et c'est au sein de son ménage,
Que vous allez enfin revoir ce cher papa.
Partez donc, aussi bien (ceci n'est pas un conte)
Je sens à mes jarrets, qu'avec vous j'ai déjà
        Bien assez trotté pour mon compte.
A-peine Télémaque entend ces derniers mots,
Que soudain, pour hâter le départ du navire,
Il veut, dans le transport de son joyeux délire,
    Aller presser les matelots ;
Mais Mentor, profitant de cette circonstance,
        Pour mettre à bout sa patience,
Le retient par la manche, et lui dit qu'avant tout,
        Pour éviter le dernier coup,
Que peut-être en chemin le destin leur réserve,
Il faut sacrifier quelque bête à Minerve.
        Eh bien ! lui dit Partout-Rôdant,
De mon dernier poulet nous lui ferons présent ;
Car si de voyager vous n'avez plus envie,
    Moi, j'en suis si las à mon tour,

                                23

Que pour rentrer dans ma patrie ,
Je suis homme à saigner toute une basse-cour.
Dès qu'il eut à Minerve offert ce sacrifice ,
    Mentor , avec le fils d'Ulysse ,
    Entra dans un bocage épais ;
Et de sa poche alors tirant trois gobelets ,
Vous allez , lui dit-il , voir comme on s'escamote :
Un , deux , partez muscade.... ô ciel ! Mentor en cotte ,
    S'écria Télémaque..... hé mais !
    Que vois-je donc ? c'est une femme !
       Ventredame !
La voilà qui s'envole en tenant à la main ,
Une lance pareille à ma plus belle pique ,
Et c'est mon bouclier , *à lanterne magique* ,
    Que je vois briller sur son sein !
De venir me l'ôter que le ciel vous préserve ,
Dit la déesse en l'air : c'est moi qui suis Minerve ;
C'est moi qui , m'affublant de la peau d'un barbon ,
    Ai voulu , pour vous rendre sage ,
    Et plus doux qu'un mouton ,
Vous guider jusqu'ici , de naufrage en naufrage ,
    Bien sûre que pour vous , mon cher ,
Sur qui les passions faisaient pire que rage ,
    Rien n'était bon comme des bains de mer.
    Maintenant que tous mes reproches
Ont fait de vous un homme à ne plus mettre à l'eau ,
De retour en Ithaque , après tant d'anicroches ,
Vous allez désormais avoir tout à gogo ,
Sans compter que , pour vous , Ulysse et Pénélope ,
Bientôt d'Idoménée obtiendront Antiope.

Pour moi, j'approuve ce lien,
Et toujours l'œil au mycroscope,
En veillant à votre horoscope,
De là-haut, j'aurai soin qu'il ne vous manque rien ;
    Adieu, bonsoir, portez-vous bien.
La déesse, à ces mots, s'élance vers la nue,
La crève, et tout-à-coup disparaît à sa vue.
Enfin, quand Télémaque, encor tout ébaubi,
Sur un pareil prodige eut assez réfléchi,
    Il se hâta de gagner le rivage ;
        Et réveillant tout l'équipage,
        Que Minerve avait endormi,
A l'instant tout fut prêt pour ce dernier voyage.
Il s'embarque, et bientôt, arrivant à bon port,
Le voilà dans Ithaque où, se moquant du sort,
Il retrouve son père à la ferme d'Eumée.....
Mais arrêtons-nous là : ma Muse est enrhumée.

FIN DU CHANT HUITIÈME ET DERNIER.

LA PENSÉE,

ODE.

———

Descends de l'Hélicon, Dieu brûlant qui m'inspires ;
Filles de Mnémosyne, animez mes accords ;
Laissez-moi de Pindare essayer sur vos lyres
Les chants harmonieux et les divins transports :
Je veux à l'univers signaler la Pensée,
Peindre ses traits de feu, sa beauté, ses écarts ;
Dévoiler aux mortels la reine des beaux-arts,
Sur l'aile des éclairs un moment balancée.

Quel concours de succès ! quels monumens nombreux !
Quels prodiges, vainqueurs des lois de la nature,
Réfléchissant l'éclat de ses jets lumineux,
Au rang des immortels portent la créature !
Son vol se perd au sein de la Divinité ;
Au-delà de l'abîme elle étend son empire ;
Et soudain, à la voix d'un superbe délire,
En son rapide essor, franchit l'éternité.

Des sommets du Liban la barque descendue
Vers des bords ignorés s'élance et fend les mers ;
Et l'homme, en son audace, allant percer la nue,
Laisse au loin sous ses pieds les habitans des airs.
Beaux-Arts ! nobles garans de son pouvoir immense,
De la Pensée au monde attestez la grandeur ;
Que l'Egypte redise en quel feu créateur
La triple Pyramide a puisé l'existence !

O Peuples, héritiers de ses plus grands bienfaits !
De mes chants ennoblis soyez les tributaires ;
Déroulez devant moi ses sublimes effets,
Versez-y par torrent les flots de vos lumières......
Déjà la Grèce accourt sous le flambeau des arts ;
Athènes à mes yeux fait briller son école ;
Et Rome, avec orgueil, du haut du Capitole,
Vient poser sur mon luth les aigles des Césars.

PARAISSEZ, vous aussi, leurs augustes rivales,
Fières cités, volez sur leurs pas éclatans ;
Eclipsez leurs attraits, leurs pompes triomphales ;
Pour cette souveraine épurez votre encens.
Qu'au trésor de ses dons Lutèce éblouissante
Unisse le tribut des enfans des Gaulois ;
Albion, porte-lui sur ton livre des lois,
L'invincible trident qui te rend si puissante.

Du berceau de l'aurore aux portes de la nuit,
De la zone brûlante à la plaine glacée,
Tout proclame son nom, tout par elle est conduit,
Tout ressent les ardeurs du feu de la pensée.
Sur la toile magique elle étend la couleur ;
Les Dieux sortent plus grands du marbre qu'elle anime ;
Ses élans embrâsés peuplent la double cime,
Transportent l'écrivain, font tonner l'orateur.

Sous le voile attrayant qu'à la fable elle prête,
L'arbre même aux humains sait donner des leçons ;
La sagesse en Minerve a sa digne interprète ;
Cérès arme son bras de la faux des moissons.
Thalie, au sein des jeux, vient égayer la scène ;
Et, joignant aux accords des Amphions nouveaux
Le prestige enchanteur de ses mouvans tableaux,
Terpsichore y suspend les pleurs de Melpomène,

Nouveau phénix, du lin le tissu merveilleux
Renaît de ses débris sous la main qui les broie ;
Il reprend son éclat, reparaît à mes yeux,
Et par feuilles d'albâtre avec art se déploie :
C'est là que tu revis, digne objet de mes vers ;
Que la plume, à ton gré, rapproche la distance ;
Là, qu'un airain mobile, enfant de ta puissance,
En te multipliant te montre à l'univers.

Trop long-tems, au mépris de sa marche tracée,
La nature, en nos sens imprimant son erreur,
Sut par un double obstacle arrêter la pensée ;
Il n'est plus de barrière à son élan vainqueur :
En signes combinés par l'effort du génie,
Le sourd-muet l'exprime, au défaut de la voix ;
Et, pour l'approfondir, se saisit à la fois,
Des burins de Clio, des compas d'Uranie.

Que la rame le cède au moteur vaporeux,
Que Saturne obéisse à l'aiguille des heures ;
Globe, sois mesuré ! creuset miraculeux,
Trahis des élémens les secrètes demeures !
Je dirai qui commande au pouvoir de l'aimant ;
Qui reproduit le feu, maîtrise l'atmosphère,
Lui ravit son fluide, et contraint le tonnerre
A venir expirer sous la main du savant.

Aux ruines du monde, où survit son empire,
Des siècles écoulés n'entends-je pas la voix ?....
L'airain d'Herculanum la présente à ma lyre ;
Je la retrouve encore aux conseils de nos rois,
Dans les champs de Bellone, au sein de la victoire,
Je la vois, à son joug enchaînant le trépas,
Unir, par un traité qui suspend les combats,
L'olivier de la paix au laurier de la gloire.

Mais, quel sombre nuage a voilé sa splendeur?
Qui l'arrête au milieu de sa noble carrière?
Eh quoi! sous le bandeau que lui prête l'erreur,
A-t-elle pour toujours dérobé sa lumière?
Le culte des faux dieux et l'incrédulité,
Les sinistres desseins, l'aveugle astrologie,
Les rêves dangereux de la philosophie,
Sont empreints du cachet de son obscurité.

Souffle émané des cieux, fille des noirs abimes,
C'est elle qui régit nos sentimens divers,
Nous trace les sentiers des vertus et des crimes,
Subjugue notre cœur, le rend juste ou pervers:
Ce tyran, cet objet d'une horreur si profonde,
Néron, lui dut le cours de ses assassinats;
Et Titus, qu'en exemple on offre aux potentats,
La gloire de son règne et les regrets du monde.

Puisse-t-elle, à jamais, sous l'empire des Lis,
Ramener la justice, et la foi de nos pères;
Autour du trône auguste où commande LOUIS,
Désormais ne former qu'un seul peuple de frères!
Puisse-t-elle, en tous lieux prodiguant ses bienfaits;
A l'Europe épargner de nouvelles alarmes;
Forcer l'ambition à déposer les armes,
Et sur le globe, enfin, éterniser la paix!

(*Cette Ode, de M. PARIGOT, a été insérée au Recueil de l'Académie des Jeux Floraux, année 1817.*)

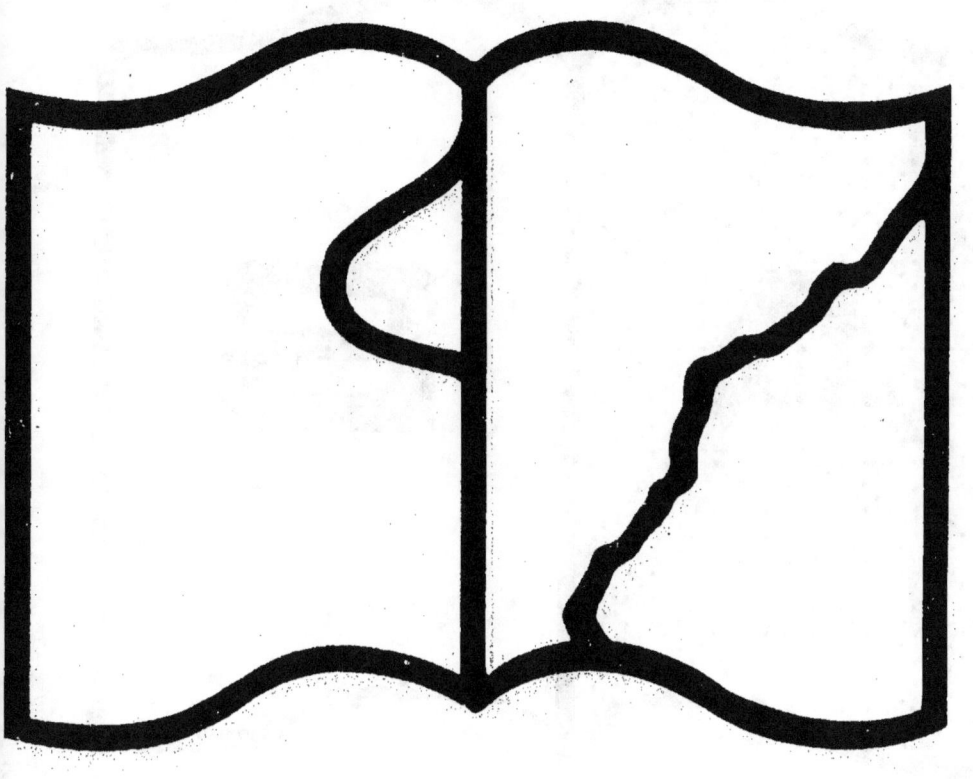

Texte détérioré — reliure défectueuse

NF Z 43-120-11

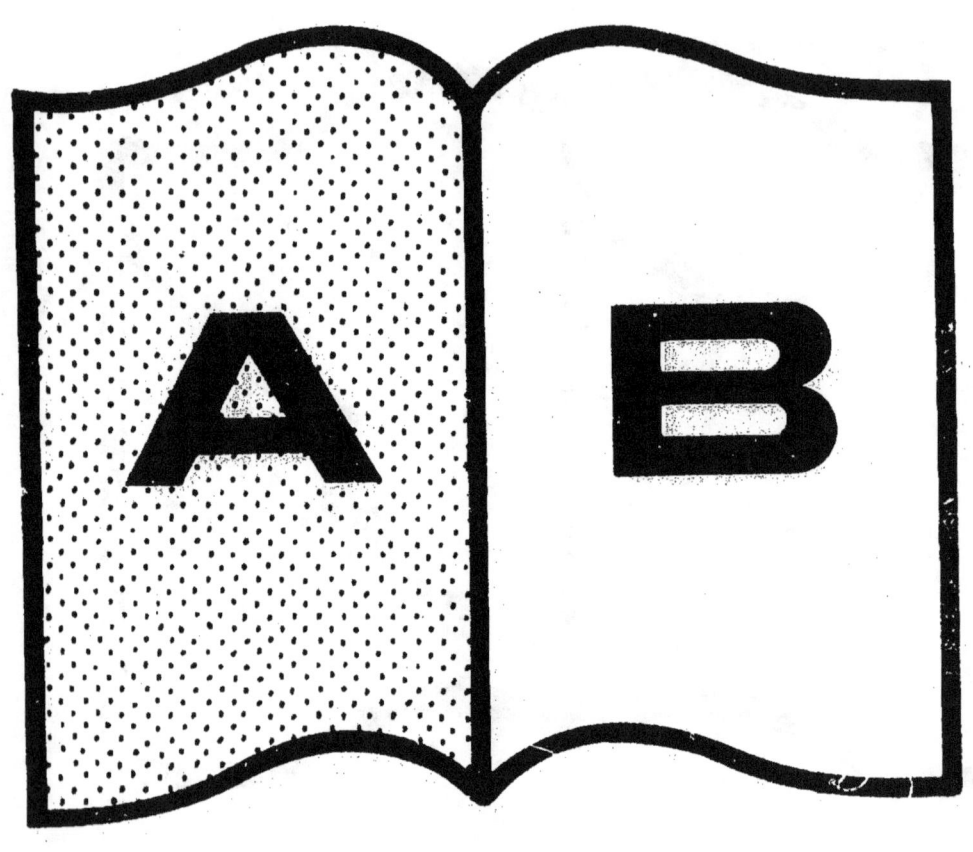

Contraste insuffisant

NF Z 43-120-14

www.ingramcontent.com/pod-product-compliance
Lightning Source LLC
Chambersburg PA
CBHW051823020726
47502CB00005B/1605